ちくま文庫

82年生まれ、キム・ジヨン

チョ・ナムジュ
斎藤真理子 訳

筑摩書房

目次

〔　〕内＝訳注

82年生まれ、キム・ジヨン

二〇一五年秋

　キム・ジヨン氏、三十三歳。三年前に結婚し、昨年、女の子を出産した。三歳年上の夫チョン・デヒョン氏〔韓国では結婚しても名字が変わらないので、夫婦の姓が異なる〕と娘のチョン・ジウォンちゃんとともに、ソウルのはずれにある大規模高層団地の二十四坪のマンションにチョンセ〔韓国独特の賃貸方式で、入居時に多額の保証金を大家に預ける代わりに月家賃が発生しない。保証金は退去時に全額返却される〕で住んでいる。チョン・デヒョン氏はＩＴ関連の中堅企業に勤めており、キム・ジヨン氏も小さな広告代理店で働いていたが出産とともに退職した。デヒョン氏の帰宅時間は毎日夜の十二時ごろで、週末も、土日のどちらかは出社する。夫の実家は釜山だし、ジヨン氏の両親も食堂を経営していて忙しいので、ジヨン氏は一人で子育てを担当している。ジウォンちゃんは一歳の誕生日を迎えたこの夏から、団地の一階にある家庭型の保育園に午前中だけ通っている。

キム・ジョン氏に初めて異常な症状が見られたのは九月八日のことである。チョン・デヒョン氏が日付けまで正確に覚えているのは、その日が白露《はくろ》〔二十四節気の一つで、このころから空気が冷えて秋の気配となる〕だったからだ。チョン・デヒョン氏がトーストと牛乳の朝食をとっていると、キム・ジョン氏が突然ベランダの方に行って窓を開けた。日差しは十分に明るく、まぶしいほどだったが、窓を開けると冷気が食卓のあたりまで入り込んできた。ジョン氏は肩を震わせて食卓に戻ってくると、こう言った。

「ここんとこ朝の風が冷たいと思ったら、今日は白露だったねえ。黄金色に実った田んぼに、まーっ白な露が、降りただろうよー」

デヒョン氏は、何だか年寄りくさい妻の話し方を聞いて笑った。

「どうしたんだい、君。お義母さんそっくりだよ」

「そろそろ、薄手のジャンパー一枚持っていきなさいよぉー、デーヒョンさん。朝晩、冷え込むからねえ」

そのときもデヒョン氏は、妻がふざけているんだと思っていた。「いきなさいよぉー」と念を押すときに右目をちょっとしかめるところも、自分の名前を呼ぶときに「デー」と伸ばすところも、ほんとに義母の癖にそっくりだったから。このところジヨン氏は育児疲れのせいか、宙を見つめてぼんやりしていたり、音楽を聴きながら涙をぼろぼろこぼしたりすることもあった。だが、妻はもともと明るい性格だしよく笑うし、テレビのお笑い番組を見るとすぐにその真似をして笑わせてくれる人だったから、大したことはないと思い、彼女を一度ハグすると出勤した。

その晩デヒョン氏が帰ってくると、ジヨン氏はもう娘と一緒に寝ていた。二人とも親指をしゃぶっている。その姿は愛らしかったが、デヒョン氏はちょっと呆れつつしばらく眺めた後、妻の腕を引っ張って口から指を出させた。ジヨン氏は赤ん坊のようにちらりと舌をのぞかせて、チッチッと何度か唇を鳴らしてから寝入った。

何日か経ってジヨン氏は、自分は去年死んだチャ・スンヨンだと言い出した。チャ・スンヨン氏とは、ジヨン氏にとってはサークルの三年先輩にあたる女性で、デヒョン氏にとっては大学の同期生である。

夫婦は同じ大学の同じ山登りサークルの先輩と後輩にあたるのだが、実は在学中には一度も顔を合わせたことがない。デヒョン氏は学部を出た後も勉強を続けるつもりだったが、家庭の事情のためにあきらめなくてはならなかった。そこで、三年生を終えたところで遅めの兵役につき、二年後に除隊した後は一年ほど休学して釜山の家で暮らし、アルバイトをしていた。ジヨン氏はその期間に入学してサークル活動をしていたのである。

チャ・スンヨン氏は女子の後輩の面倒をよく見てくれる先輩だった。ジヨン氏とは、登山が好きでないという共通点のために親しくなり、スンヨン氏が卒業した後もよく会う仲だった。デヒョン氏とジヨン氏が初めて会ったのも、彼女の結婚披露宴である。スンヨン氏は二人めの子を出産するときに羊水塞栓症で亡くなったのだが、ただでさえそのころ産後うつだったジヨン氏は、日常生活を送るのも困難なほど悲しんだものだ。

その日はジウォンちゃんを寝かしつけると、久々に夫婦で向かい合ってビールを飲んだ。一缶をほとんど空けるころ、ジヨン氏が急に夫の肩をトントンたたくと、こう言った。

「ねえ、デヒョン。ジヨンが最近すごくしんどそうだよ。体は少しずつ楽になるけど、気持ちが焦って辛い時期なんだよ。よくやってるねとか、ご苦労様とか、ありがとうとか、ちゃんと言ってあげた方がいいよ」

「そりゃまた何だよ、ジヨン。幽体離脱話法〔自分のことを他人事のように語る様子を指し、当事者責任を欠いたパク・クネ元大統領などがその代表といわれる〕か? わかった、よくやってるよキム・ジヨン。ご苦労様、ありがとう、愛してるよ」

デヒョン氏はかわいいなと言いたげにジヨン氏のほっぺたをそっとつまんだ。しかし、ジヨン氏は真剣な顔で手をさっと払いのけた。

「あんたったら。まだ私のこと、真夏にぶるぶる震えながら告白した二十歳のチャ・スンヨンだと思ってんの?」

デヒョン氏は一瞬凍りついた。そうだ、約二十年前の真夏の真昼のことだ。日差しがひどく熱く、手のひらほどの小さな影も見当たらないグラウンドの真ん中だった。どうしてあそこにいたのかも思い出せないけど、とにかく偶然、スンヨン氏と鉢合わせした。すると彼女が突然、好きだと言ったのだ。好きですと——大汗をかき、唇をぶるぶる震わせ、口ごもりながら。だがデヒョン氏が当惑した顔を見せると、スンヨン氏はすぐに気持ちを引っ込めた。

「あ、あんたはそうじゃなかったのね。わかった、今日のことは聞かなかったことにして。なかったことだからね。私は今までどおりにあんたに接するから」

そしてとぼとぼと運動場を横切って消えたのである。以後、スンヨン氏はほんとに何ごともなかったように平然とデヒョン氏に接したから、デヒョン氏は暑さのせいで幻を見たのではと思うほどだった。今まですっかり忘れていた。なのに妻がその話をするなんて。もう二十年も前の、二人だけが知っている、日差しが焼けつくようだったあの日のことを。

「なあ、ジョン」

それ以上言葉が出てこない。そしてデヒョン氏は妻の名前をあと三回ぐらい呼んだらしい。

「ちょっとぉ。あんたが良いご亭主だってことは、みんな知ってるわよ。だからもうジヨンの名前呼ぶの、やめてよ。まぁったく、もう」

それは酔ったときのスンヨン氏の口癖だった――「まぁったく、もう」。デヒョン氏は頭皮がぞーっとして、髪の毛が全部ぎゅうーっと逆立つような気がした。無理に平気なふりをして、いたずらはよせよと何度も何度も言ったのだが、ジヨン氏は飲み終えた缶をテーブルに置くと歯磨きもせずに部屋に入って娘の隣に横になり、正体もなく眠りこけてしまった。デヒョン氏は冷蔵庫から缶ビールをもう一本取り出して一気に飲んだ。いたずらなのかな。酔ったのか。テレビに出てくる憑依現象とか、そんなのだろうか。

翌朝、こめかみをぎゅうぎゅう押しながら起きてきたジヨン氏は、昨夜のことは全然覚えていないようだった。やっぱり酔っ払ってたのかとデヒョン氏は一瞬安心したが、あんな恐ろしい酒癖があるのかと思うと改めてぞっとする。どう見ても、単に酔っ払って意識を失っただけとは思えない。しかも、たかだか缶ビール一本で。

その後も変なことは少しずつ続いた。ふだんは使わないかわいいスタンプだらけのメッセージを送ってきたり、明らかに彼女の料理の技術では作れない、また本人が好きでもない四骨汁《サゴル》〔牛の脚の骨をじっくり煮出したスープ〕やチャプチェを作ったりする。デヒョン氏にはしょっちゅう、妻が他人に思えた。二年間熱烈な恋愛をし、三年間ともに暮らした妻が、雨の日に落ちてくる雫の数ほど語り合い、雪の日に舞う雪片の数ほど愛し合い、互いに大事にしあってきた妻が、そして自分たちにそっくりなかわいい娘を産んでくれた妻が、どうしてもこれまでの妻と同じ人に思えない。

秋夕《チユソク》〔旧暦の八月十五日の中秋節。一年で最も重要な祭礼の日であり、前後一日を含めて公休日となる。里帰りして先祖の墓参りをするのが恒例〕の連休にデヒョン氏の実家へ行ったとき、事件は起きた。デヒョン氏が金曜日に休暇を取り、三人家族は朝の七時に家を出て五時間かけて釜山に着いた。実家に着くとすぐにデヒョン氏の両親とお昼ごはんを食べ、長時間運転に疲れたデヒョン氏は昼寝をした。以前は交代で運転していたが、娘が生まれてからはデヒョン氏が一人で運転している。赤ん坊はベビーシートが窮屈なのか車に乗ると必ず泣き、ぐずり、かんしゃくを起こすし、遊んでやったりおやつを食べさせたりしてなだめるのはジヨン氏の方が上手だからだ。

ジヨン氏は昼ごはんの皿洗いをして、コーヒーを飲んでちょっと休むと、姑と一緒に秋夕料理の材料を買いに出かけた。夕方からは四骨汁にする牛の脚の肉のアクを抜き、カルビを調味料に漬け、ナムルの材料を下ごしらえしてゆで、一部はあえて一部は冷凍室に入れ、チヂミや天ぷらにする野菜と魚介類も洗って下準備するとともに、夕ごはんを作って食べて後片づけをした。

翌日はまた姑と一緒に、朝から夕方までかけてチヂミを作り、天ぷらを揚げ、カルビを煮込み、ソンピョン〔秋夕に食べる餅〕の生地をこね、あいまあいまにごはんのしたくをした。家族はできたての秋夕料理を食べて楽しい時間を過ごし、人見知りをしないジウォンちゃんはおじいちゃんおばあちゃんに喜んで抱っこされ、愛嬌を振りまき、しっかりかわいがってもらった。

その翌日が秋夕の本番である。本格的な儀式はソウルに住むデヒョン氏の従兄が執り行うので、実家が来客でごった返すことはない。家族全員がゆっくり休み、前日に作った料理で簡単に朝ごはんをすませて皿洗いを終えるころ、デヒョン氏の妹チョン・スヒョン氏の一家がやってきた。デヒョン氏の二歳下、ジヨン氏の一歳上にあたるスヒョン氏は、夫と二人の息子と一緒に釜山に住んでおり、夫の実家も釜山だ。夫の実家は本家なので、正月や秋夕に料理の準備をしてお客様を迎えるストレスは多大なものがある。だからスヒョン氏は実家に来るなり足を伸ばしてくつろぎ、ジヨン氏と姑はじっくり煮込んだ四骨汁をベースに里芋汁〔秋夕料理の一つ〕を作って出してやり、新たにごはんを炊き、魚を焼き、ナムルを作ってお昼の食膳を調えた。

食事が終わるとスヒョン氏は、ジウォンにあげようと思って買ってきたのよと言って、カラフルなワンピースやシュシュ、ヘアピン、レースの靴下などをどっさり取り出した。自分でジウォンちゃんにヘアピンをつけてやり、靴下もはかせてやり、女の子がいたらよかったなあ、やっぱり娘は最高ねなどと言って、姪っ子がかわいくてたまらないようすである。その間にジヨン氏はりんごと梨をむいたが、みんな満腹なので見向きもしない。ソンピョンを出すと、スヒョン氏だけが一個とって食べながらこう言った。

「お母さん、このソンピョン、手作り？」

「もちろんよ」

「ああ、もう。こういうのもうやめようよ。さっきも言いかけてやめたんだけど、これからは四骨汁もチヂミもお店でちょっとだけ買えば十分だよ。ソンピョンだって餅屋で買ったらいいじゃない。本家でもないのに何でこんなにいっぱい料理作るの？　お母さんだって、その年になって苦労することないでしょう。それにジヨンさんも大変だし」

その瞬間、姑の顔に寂しそうな表情が浮かんだ。

「家族に食べさせたくてやってることじゃないか。これのどこが苦労なんだい？みんなで集まって、料理して、食べるのが楽しみなのに」

そして姑はいきなりジヨン氏に尋ねた。

「あんた、大変なの？」

そのときだ。ジヨン氏の頬がさーっと赤くなったと思うと突然、まるでおばあさんのような、情のこもった表情になった。目もうるんでいるようだ。デヒョン氏は不安になった。だが、妻を連れ出したり、話題を変えたりするすきもなくジヨン氏が答えた。

「ああ、もう、お義母さん。うちのジヨンはねえ、実は、帰省のたびに体をこわすんですよぉー」

しばらくの間、誰も呼吸さえできなかった。巨大な氷河の上に家族全員が座っているみたいな寒々しさだ。スヒョン氏が長いため息をつくと、それがまっ白な吐息となって散っていくように思えた。

「ジ、ジウォンのおむつ、替えた方がいいんじゃないか？」

デヒョン氏があわてて妻の手をつかんでひっぱったが、ジヨン氏はそれをバッと払いのけた。

「デーヒョンさん！　あんたも、そうだよ。秋夕だって正月だって、連休はずっと釜山ばっかり。うちに来たときは、床にお尻をつけたと思ったらすぐ帰っちゃうじゃないか。こんどはもう少し、早く来なさいよぉー」

そう言うと、この前の朝もやってみせたように右の目をしかめる。そのとき、弟とふざけていたスヒョン氏の六歳の息子がソファーから落っこちて泣き出したが、誰もとりあわない。大人たちがみな口をぽかんと開けて心ここにあらずのありさまなので、子どももすぐに妙な気配を悟って泣きやむ。そして、デヒョン氏の父親が一喝した。

「ジヨンや、どうしたんだい？　目上の人たちの前で何てことを言うんだ。デヒョン一家とスヒョン一家が全員そろう機会は一年に何度もないんだよ。秋夕に家族で過ごすのがそんなに不満かね？　そうなのかね？」

「お父さん、違いますよ」

デヒョン氏が割り込んだが、彼自身もどう説明したらいいのかわからないのだった。するとジヨン氏が夫を押しのけ、落ち着き払って言った。

「お言葉ですが、申し上げますよ。お宅だけが家族ですか？　うちだって、家族なんですよ。うちの三人の子どもたちも、大きな祭日でないかぎり全員そろうことなんぞありません。最近の若い人たちは、みんなそうでしょう。お宅の娘さんが帰省してるんだったら、うちの子だって里帰りさせてくださいよ」

とうとう、デヒョン氏は妻の口をふさいでひっぱり出した。

「体調が悪いんだよ、父さん、母さん、スヒョン。ほんとだよ。ジヨンは最近、調子が悪いんだ。あとでちゃんと説明するからさ」

三人は服も着替えずに車に乗り込んだ。デヒョン氏がハンドルにつっぷしてため息をついている間、ジヨン氏は何ごともなかったように娘に歌を歌ってやっていた。両親は見送りにも出てこず、スヒョン氏が兄の荷物をまとめてトランクに入れながら言った。

「ジヨンさんの言う通りだよ、兄さん。うちが無神経すぎるんだよ。けんかしないで、怒らないで、ありがとう、ごめんねで通すのよ。ね、わかった？」

「わかった、行くよ。父さんにはうまく言っといてくれ」

デヒョン氏は怒っていなかった。それよりも困り果て、混乱し、怖かったのだ。

まずデヒョン氏が一人で私の精神科を訪れ、妻の状態を説明して治療法を相談した。ジヨン氏は症状を自覚していなかったが、眠れないし、辛そうなので、ともかくもカウンセリングを受けてみることを勧めた。ジヨン氏は、そうでなくとも最近気分が沈み、何ごとにも意欲が湧かず、育児うつではないかと思っていたと言い、私の提案に感謝した。

一九八二年～一九九四年

キム・ジヨン氏は一九八二年四月一日、ソウルのとある産婦人科病院で、身長五十センチメートル、体重二・九キログラムで生まれた。出生当時、父親は公務員で母親は主婦だった。上には二歳年上の姉がおり、五年後には弟が生まれている。二部屋に居間兼台所とトイレがついた十坪前後の一軒家で、父方の祖母と両親と三きょうだいの六人家族で暮らしていた。

キム・ジヨン氏が憶えているいちばん古い記憶は、弟の粉ミルクをなめているところだ。弟とは五歳違いだから、五、六歳のときだと思われる。たかが粉ミルクだが、それがとてもおいしかった。だから母親が弟のためにミルクを溶かしているときにはそばにまとわりつき、指につばをつけ、床に落ちた粉を集めては食べていたそうだ。ときどき母はキム・ジヨン氏に上を向いて大きく「あーん」させ、濃厚な甘さのミルクをひとさじ舌の上に置いてくれたりした。それは唾液と混じってねばつき、キャラメルみたいな柔らかいかたまりになり、のどに流れて消えてしまい、口の中には粉のざらつきがまとわりつくような、奇妙な違和感が残った。

同居していた祖母のコ・スンブン女史は、キム・ジヨン氏が弟の粉ミルクを食べてしまうのをひどく嫌った。つまみ食いしたことが祖母にばれようものなら、口と鼻から粉が飛び出すほど背中をたたかれた。キム・ジヨン氏より二歳年上の姉、キム・ウニョン氏は、祖母に一度怒られた後は絶対に粉ミルクを食べなかった。

「お姉ちゃん、粉ミルクおいしくない？」

「おいしいよ」

「じゃ、どうして食べないの？」

「さもしいから」

「え？」

「さもしいから食べないの。絶対いらない」

キム・ジヨン氏には「さもしい」という言葉の意味が正確にはわからなかったが、姉の気持ちはわかった。祖母が怒るのは単に、キム・ジヨン氏がもう粉ミルクを飲む年齢じゃないからとか、弟の食べものがなくなるからという理由ではなかったからだ。祖母の言葉の抑揚、目つき、頭の角度、肩をそびやかすようす、息づかいまで、すべてが一体となって作られていたあのメッセージを一言で表現するのは難しいが、頑張って再現してみるなら、私の大事な孫の食べものに「ぬけぬけと」手を出すなんて、というニュアンスになる。弟と弟のものは重要で、あだやおろそかにしてはならないのであり、よほどの人でない限り触ってはいけないのであり、キム・ジヨン氏は「よほどの人」には及ばないということらしい。姉も同じことを感じていたのだろう。

炊き上がったばかりの温かいごはんが父、弟、祖母の順に配膳されるのは当たり前で、形がちゃんとしている豆腐や餃子などは弟の口に入り、姉とキム・ジヨン氏はかけらや形の崩れたものを食べるのが当然だった。箸、靴下、下着の上下、学校のかばんや上ばき入れも、弟のものはみんなちゃんと組になっていたり、デザインがそろっていたが、姉とキム・ジヨン氏のはばらばらなのも普通のことだった。傘が二本あれば弟が一本使い、姉妹は一本で相合傘をする。かけ布団が二枚あれば弟が一枚かけ、姉妹は二人で一枚にもぐる。お菓子が二つあれば弟が一個食べて姉妹が残りの一個を分け合う。

実際のところ幼いキム・ジヨン氏は、弟が特別扱いされているとか、うらやましいとか思ったことはなかった。だって、初めっからそうだったのだから。ときどき、何だかくやしいと思うこともあったけれど、自分の方が年上だから譲ってやらなきゃならないし、同じ性別の姉と自分がものを共有するのは当然だと、自ら合理化して考えるようになっていった。母親はいつも、弟と年が離れているせいか、お姉ちゃんたちはひがみもせずに弟の面倒をよく見てくれると言って二人をほめてくれたが、やたらとほめられるので、ひがむわけにもいかなかった。

キム・ジヨン氏の父親は四人兄弟の三番めだったが、いちばん上の兄は結婚もしないうちに交通事故で死に、二番めの兄一家は早々にアメリカに移民してそこに落ち着き、末っ子の弟とは、遺産相続と老母の扶養問題でかなりもめたあげく縁を断ち、疎遠になっていた。

彼らが生まれ育ったのは、生き残ることだけでも精一杯の時代だった。戦争、病気、また飢えのために老いも若きも死んでいく中で、母のコ・スンブン女史は他人の農地を耕し、他人の商売を手伝い、他人の家事をやり、そして自分の家の家事もせっせと切り盛りしながら必死で四人兄弟を育てた。色白できれいな手をした夫は生涯の間、一つかみの土にも触れたことのないような人だった。家族を扶養する能力も意思もまったくなかったのだ。それでも彼女は夫を恨まなかった。女遊びをせず、妻を殴らないだけでも大したものだ、これなら良い夫だと本気で思っていたのである。そうやって育て上げた息子たちのうち、子の務めを果たしているのは結局キム・ジヨン氏の父親一人だけだったのだが、祖母はそんな空しく悲惨な境遇に陥った自分を、次のような理解に苦しむ論理で慰めていた。

「それでも四人も息子を産んだから、こうやって今、息子が用意してくれたあったかいごはんを食べ、あったかいオンドルでぬくぬくと寝られるんだ。息子は少なくとも四人はいなくちゃね」

そのあったかいごはんを炊いたのもあったかいオンドルの上に布団を敷いたの

も、息子ではなく、嫁でありキム・ジヨン氏の母であるオ・ミスク氏なのだが、祖母はいつもそう言った。祖母は苦労したわりに優しい人で、同年代のお姑さんたちとは違ってお嫁さんを大事にしていたが、心の底から嫁を思って口癖のようにこう言っていた。息子がいなくちゃだめだよ、息子は絶対いなくちゃだめだ、息子は二人はいなくちゃだめなんだ……。

キム・ウニョン氏が生まれたとき、母は赤ん坊を胸に抱き、お義母さん、申し訳ありませんとうつむいて涙をこぼした。姑は優しく嫁を慰めた。

「大丈夫。二人めは息子を産めばいい」

キム・ジヨン氏が生まれたとき、母は赤ん坊を胸に抱き、ごめんね、赤ちゃんと言ってうつむいて涙をこぼした。姑はこんども優しく嫁を慰めた。

「大丈夫。三人めは息子を産めばいい」

キム・ジヨン氏が生まれて一年も経たないうちに、三番めの赤ん坊がやってきた。ある夜、母は家ほどもある虎が門を壊して飛び込んできてスカートの中にすっぽり入るという夢を見て、息子だと確信した〔韓国では妊娠中の女性や周囲の人が見た夢（胎夢）の内容によって、生まれてくる子どもの将来を占う習慣がある〕。だが、娘二人を取り上げてくれた産婦人科医のおばあちゃん先生は、複雑な顔をして何度もエコー機器で母のおなかを撫で、用心深く言った。

「あー、とってもかわいいですね……お姉ちゃんたちに似て……」

家に帰ってきた母は泣いて泣いて、食べたものを全部もどしてしまった。姑はトイレのドアのむこうから、吐いている嫁にお祝いの言葉をかけた。

「ウニョンのときもジヨンのときもつわりがなかったのに、こんどはずいぶんじゃないか。そりゃ、あの子たちとは違う子が生まれる証拠だよ」

母はトイレから出ることもできず、もうひとしきり泣いてはまた吐いた。娘たちが二人とも寝入った深夜、母は、寝返りを打っている夫に尋ねた。

「もしも、もしもよ、今おなかにいる子がまた娘だったら、あなたどうする？」

何をばかな、息子でも娘でも大事に産んで育てるもんだろうと、そう言ってくれるのを待っていたのだが、夫は何も答えない。

「ねえ？　どうするのよ？」

夫は壁の方へ寝返りを打つと、言った。

「そんなこと言ってるとほんとにそうなるぞ。縁起でもないことを言わないで、さっさと寝ろ」

母は下唇を嚙み、一晩じゅう声を殺して枕がびっしょり濡れるまで泣いた。朝になると唇がぱんぱんに腫れて口が閉じられず、つばがだらだら流れ出てしまうほどだった。

そのころ政府は「家族計画」という名称で産児制限政策を展開していた。医学的な理由での妊娠中絶手術が合法化されてすでに十年が経過しており、女だということが医学的な理由でもあるかのように、性の鑑別と女児の堕胎が大っぴらに行われていた(原注1)。一九八〇年代はずっとそんな雰囲気が続き、九〇年代のはじめには性比のアンバランスが頂点に達し、三番め以降の子どもの出生性比は男児が女児の二倍以上だった(原注2)。母は一人で病院に行き、キム・ジヨン氏の妹を「消し」た。それは母が選んだことではなかった、しかしすべては彼女の責任であり、身も心も傷ついた母をそばで慰めてくれる家族はいなかった。おばあちゃん先生が、猛獣に子どもを奪われた動物のように号泣する彼女の手をぎゅっと握ってごめんなさいと言った。母が気を確かに持っていられたのは、この先生の一言のおかげである。

何年か過ぎるとまた子どもができ、男だったその子は無事に生まれてくることができた。それが、キム・ジヨン氏より五歳年下の弟だ。

父が公務員だったので、職場が不安定だとか、収入が不規則だということはなかった。だが、末端公務員の月給ごときではとても余裕はなく、六人家族を養うにはほんとうにぎりぎりだった。特に三人の子どもたちが成長してくると二間の家はだんだん狭苦しく感じられ、母は、もう少し広い家に引っ越して、祖母と部屋を共有している娘たちに自分の部屋を与えてやりたいと願った。

母は、父のように決まった職場に通うことこそなかったが、三人の子を育て、姑の世話をし、家事全般を引き受けると同時に、現金収入を得る仕事も休みなくずっと続けた。同程度の生活水準の母親のほとんどが、同じように働いていた。当時は保険のおばさん、ヤクルトおばさん、化粧品おばさんなど、「おばさん」と呼ばれる主婦限定職種がブームになっていたが、そのほとんどは会社に直接雇われていなかったので、顧客との間でトラブルが起きたりけがをしたりしても一人で抱え込んで解決するしかなかったという（原注3）。三人の子どもを育てていたキム・ジヨン氏の母は、家でできる仕事を選んだ。内職である。洋服のほどき屋、紙箱の組み立て、袋貼り、ニンニクの皮むき、すきまテープ巻き……内職の種類はそれこそきりがないほどたくさんあった。幼いキム・ジヨン氏もゴミを集めて捨てたり、個数を数えたりと、母のそばでよく手伝った。

いちばん大変だった内職はすきまテープ巻きだ。すきまテープとはドアや窓のすきまをふさぐためのスポンジ素材の細長いテープで、片面に糊がついているものだ。テープは長いままでトラックで運ばれてくるので、それを二本ずつ渦巻き状に巻いていき、小さなビニール袋に入れる。左手の親指と人差し指ですきまテープをはさむようにして軽く持ち、右手で形を作りながら巻いていくのだが、引っ張りながら巻いていくと、糊の面をおおっている剝離紙の部分が固いので、しょっちゅう左手の指の間が切れてしまう。木綿の手袋を二枚重ねではめて作業しても、母の手からはいつも血が出ていた。かさばるし、ゴミがたくさん出るし、スポンジと接着剤の臭いで頭も痛くなったが、それでもこの仕事は単価が高いのでやめられなかった。母は徐々に受注量を増やし、この仕事を長く続けた。

父が帰ってきてもすきまテープを巻いていることがよくあった。国民学校〔日本の小学校にあたる。一九九五年に「初等学校」と名称が変わった〕に通っていたキム・ジヨン氏とキム・ウニョン氏は母のそばにくっついて宿題をし、遊びながら仕事を手伝い、小さい弟はすきまテープとビニール袋を破いて遊んだ。仕事が多い日はすきまテープの山を部屋のすみに押しやって、その横で夕ごはんを食べたこともある。ある日、残業してふだんより遅く帰ってきた父は、子どもたちがまだすきまテープの中でごろごろしているのを見て、初めて母に文句を言った。

「埃も出るし、こんなひどい臭いのする仕事を、何で子どもらのそばでやるんだ？」

せっせと動いていた母の手と肩がその瞬間、ぴたっと止まった。母はすきまテープの袋を一つ一つ箱にしまい、父もかがんで散らかったスポンジと紙の切れ端を集め、大きなビニール袋にかき入れながらこう言った。

「苦労ばかりさせて、すまんなあ」

そして大きくため息をついたのだが、そのとき父の後ろに巨大な影法師が浮かんですぐに消えたように思われた。母は、自分の体より大きな箱をさっさと持ち上げて板の間に運ぶと、父の横でほうきを使いながら言った。

「あなたが私に苦労させてるわけじゃなくて、私たち二人が苦労してんの。謝らなくていいから、一人で一家を背負ってるみたいな深刻な顔しなさんな。そんなこと誰も命令してないし、実際、そうじゃないんだし」

口では冷たくそう言い放ったものの、母はすきまテープの内職をすぐにやめてしまった。材料を運んでくるトラックの運転手が、いちばん速くて器用な人がどうしてやめるのかと、残念がった。

「でも、奥さんは手先がとても器用だから、すきまテープなんか巻いてるのはもったいないね。美術とか工芸とか、そんなの習ってみたらどうですか。きっと向いてると思いますよ」

母は笑って、この年になって何か習うなんてと手を大きく振って否定したけれど、そのときまだ三十四歳だったのである。そして否定はしたものの、母にはこのおじさんの言葉がかなり強い印象を残したらしい。彼女は小さなキム・ウニョン氏にジヨン氏を任せ、もっと小さい弟は老いた姑に預けて学校に通いはじめた。美術でも工芸でもない、美容学校だ。資格には挑戦しなかった。髪の毛を切ってやるだけなのにどうしても資格証がいるわけでもないさと言って、簡単なカットとパーマの技術を身につけると、町の子どもやおばあさんたちを相手に安く出張美容を始めた。

すぐに口コミが広がった。母はほんとうに手先が器用だったし、その上、思った以上に商売の才覚があったのだ。パーマをかけ終わったおばあさんたちに、自分の口紅と眉墨で簡単なお化粧をしてあげ、子どものカットをするときには小さい弟妹の分や、母親の前髪ぐらいはサービスで整えてあげた。わざと町の美容室よりちょっと高価なパーマ液を使い、その箱についている広告の文句を指差して読んでやった。

「見えます？「頭皮への刺激がない新製品、人参成分配合」って書いてあるでしょ。私なんか生まれてから一度も口にしたことない高麗人参を、奥さんは髪に塗っているのよ」

母は税金を一銭も納めずに、着々と現金を貯めた。一度、お客を取られた美容室の女性と髪の毛をつかみあうけんかをしたことはあったが、キム・ジヨン氏の母親は地元住民だし、定評もあったので、みんな彼女の味方だった。結局、顧客層の住み分けは適切になされていたので、町の美容室とキム・ジヨン氏の母はお互いのテリトリーを守って共存することができた。

キム・ジヨン氏の母オ・ミスク氏は、上に兄が二人、姉が一人おり、下に弟が一人いるが、全員が成長するとともに故郷を離れた。実家は代々稲作農家で、大きな困難に出会うこともなく暮らしてきたという。だが、世の中の変化を免れることはできなかった。伝統的な農業国家だった韓国が急速に産業化されるとともに、それまでのように農業だけやっていては食っていけなくなったのだ。オ・ミスク氏の父親は、当時の農村の親の大部分がそうだったように、とにもかくにも子どもたちを都会に出した。だからといって、大勢の子どもたちが全員、希望通りに勉強して、やりたい仕事ができるように支えてやれる状況ではなかった。都会は家賃も高く、生活費も高く、学費はもっと高かったから。

　母は国民学校を卒業すると中学には行かず家事と農業を手伝い、十四歳でソウルに出てきた。二歳年上の姉がすでに上京しており、清渓川《チョンゲチョン》〔かつて労働条件の劣悪な工場が密集していた〕の紡績工場で働いていたので、妹も同じ工場に就職し、姉と工場の先輩二人と一緒に二坪あまりのポルチプ〔蜂の巣という意味で、労働者用の非常に狭いアパートを指す〕で暮らすことになった。工場の同僚のほとんどは同年代の女の子たちで、年齢も、学歴も、家の経済状態も似たり寄ったりだった。若い女工たちは職場ってどこもみんなこんなもんだろうと思って、ろくに眠れず、ろくに休めず、ろくに食べることもできないまま仕事にあけくれた。紡績機械が吐き出す熱気のせいで熱さは耐えられないほどで、ただでさえ短かったスカートを最大限にまくり上げて働いたが、それでも肘や腿から汗がぽたぽた落ちた。大量の埃が舞い散って目の前が白っぽくなり、視野がさえぎられ、肺病になる者も大勢いた。眠気覚ましの薬を常用し、黄ばんだ顔をして昼も夜も働いても、給料はお話にならないほど少ない。そしてそのほとんどは、兄や弟の学費に使われた。一家を盛り立てるのは男の子であり、それが一家全員の成功であり幸せだと考えられていた時代である。娘たちは喜んで男の兄弟を支えた（原注４）。

上の兄は地元の国立大学の医学部を出てずっと母校の大学病院で働き、二番めの兄は警察署長まで務めて引退した。母は、自分の兄さんたちは優しくまじめで勉強もよくできてすばらしいと誇らしく思い、工場の友だちにもよく自慢していたが、その自慢の兄たちが経済力をつけた後にまず援助したのは、末っ子である弟だった。おかげで弟はソウルの教育大学に進学することができ、上の兄は、一家を盛り立て、弟をしっかり支えて成功させた責任感ある長男と賞賛された。そのときになってキム・ジヨン氏の母とその姉は、家族の囲いの中にいたら自分たちにはチャンスが回ってこないと気づいたのである。二人は遅ればせながら、会社内に設置されていた夜間中学に通い、昼は働き夜は勉強して卒業した。母はその後、高校課程の勉強もして卒業資格検定試験に合格し、弟が高校の先生になった年、高卒資格を手にした。

キム・ジヨン氏が国民学校に通っていたころ、担任の先生が日記帳に書いてくれた一行のメモをじっと見ていた母が、いきなりこう言ったことがある。

「私も先生になりたかったんだよねえ」

お母さんというものはただもうお母さんなだけだと思っていたキム・ジヨン氏は、お母さんが変なこと言ってると思って笑ってしまった。

「ほんとだよ。国民学校のときは、五人きょうだいの中で私がいちばん勉強ができたんだから。上の伯父さんよりできたんだよ」

「それなのに、どうして先生にならなかったの?」

「お金を稼いで兄さんたちを学校に行かせなくちゃいけなかったから。みんなそうだったんだよ。あのころの女の子は、みんなそうやってたの」

「じゃあ、今、先生になれば？」

「今は、お金を稼いであんたたちを学校に行かせなくちゃいけないでしょ。みんなそうだよ。このごろのお母さんは、みんなそうやってるの」

お母さんは自分の人生を、私のお母さんになったことを後悔しているのだろうか。長いスカートの裾をグッと押さえつけている、小さいけれどずっしりと重い石ころ。キム・ジヨン氏は自分がそんなものになったような気がしてなぜか悲しかった。母はそんな気持ちに気づいて、娘の乱れた髪の毛を優しく指ですいてくれた。


キム・ジヨン氏は路地から路地を伝って二十分歩いたところにある、とても大きな国民学校に入学した。一学年が少なくとも十一組、多ければ十五組もあり、一クラスの人数は五十人に達していた。キム・ジヨン氏が入学する前は、低学年は午前クラスと午後クラスに分けて授業をしていたほどである。

幼稚園に行かなかったキム・ジヨン氏にとって、学校はいわば社会生活の第一歩だったが、何とかちゃんとやっていけた。キム・ジヨン氏が学校に慣れると母は、同じ学校の二学年上だった姉に妹の登校準備を任せた。姉は毎朝、時間割に合わせて教科書、ノート、連絡帳をそろえ、魔法使いの少女のキャラクターがついたぶ厚い筆箱に、丸すぎもせず、尖りすぎもしないように削った鉛筆四本と消しゴム一個を入れてくれた。何か必要なものがある日は、母にお金をもらって学校の前の文房具店で買ってくれた。キム・ジヨン氏は迷子にならず無事に登校し、授業中はちゃんと着席していることができ、お漏らしもしなかった。黒板に書いてあることを連絡帳にきちんと書き写してきたし、書き取りではずっと百点だった。

学校生活の最初の難関は、多くの女の子が経験する「隣の席の男子のいたずら」である。キム・ジヨン氏にとってそれは、ただのいたずらではなかった。いたずらというよりいじめや暴力という感じで、ほんとに嫌だったのだが、姉や母に泣いて訴えるぐらいしかできなかった。それに、訴えたところで二人がどうにかしてくれるわけでもない。姉は、男の子はもともと子どもっぽいんだからしょうがない、無視しなさいと言うし、母には、友だちが遊ぼうとしているのに泣いて嫌がるなんてよくないと、かえって叱られるのだから。

　隣の席の男子はある日から、キム・ジヨン氏に頻繁にちょっかいを出すようになった。席に座るときや整列するとき、かばんを背負うときなどに、うっかりしたように肩にさっと触る。目が合うとわざと近づいてきて、腕をバーンとたたいて行ってしまうのだが、それがけっこう痛い。消しゴム、鉛筆、定規などの学用品を借りてすぐに返してくれず、返してと言うと遠くに投げたり、お尻に敷いたり、ときにはそんなの借りてないと頑固に言い張ったりする。授業中に返してもらおうとしてけんかになり、二人とも叱られたこともあった。キム・ジヨン氏はもう貸してやらないことにした。すると、服装や言い間違いをからかったり、かばんや上ばきや袋をとんでもないところに持っていったりするので、そのたびにしばらく探し回らなくてはならない。

　初夏のある日、キム・ジヨン氏は足にとても汗をかいたので上ばきを脱ぎ、机の下のバーのところに足をのせて授業を聞いていた。すると突然、隣の男子がサッと足を伸ばして、机の下に置いておいた上ばきを力いっぱい蹴飛ばしたのだ。上ばきは一直線に並んだ机の間の通路をスーッとすべって、教卓の前まで行ってしまい、教室は一瞬で爆笑の渦となり、先生は真っ赤になって、教卓をたたいて問いかけた。

「この上ばきは誰のだ？」

キム・ジヨン氏はすぐに答えられなかった。まずは怖くて。そして、自分の上ばきではあるけれど、蹴飛ばした隣の男子が先に名乗り出てくれるのを待っていたからだ。だが、彼も震え上がってしまったのか、ぐっと下を向いたままだ。

「さっさと答えないか？　上ばき検査をするぞ？」

キム・ジヨン氏は隣の男子を肘でつつき、あんたがやったんじゃない、と小声で言ったが、向こうはさらに下を向いて、俺の上ばきじゃないもんと言う。先生が教卓をもう一度たたいたので、キム・ジヨン氏は仕方なく手を挙げた。教卓の前に呼び出されたキム・ジヨン氏は、同級生が全員見ている前で大目玉をくらった。上ばきの持ち主を尋ねたときに答えなかったという理由で、一瞬にして卑劣な嘘つきに、そして友だちの貴重な学習時間を奪う時間泥棒にされてしまったのだ。キム・ジヨン氏は涙と鼻水まみれになって、言い訳も説明もできない。そのとき誰かが小さい声で、キム・ジヨンさんじゃありません、と言った。向かいの列のいちばん後ろに座っている女子だった。

「ジヨンさんの上ばきだけど、ジヨンさんがやったんじゃありません。私、見てました」

先生はとまどった顔で、その子に尋ねた。

「どういうことだ？　じゃあ誰がやった？」

女の子は答えず、困ったように犯人の後頭部を見つめた。先生と生徒たちの視線はすべて同じところに注がれ、ここまで来て隣の男子はようやくすべてを白状した。先生はキム・ジヨン氏を叱ったときの二倍ぐらい大きな声で、二倍ぐらいの時間、二倍ぐらい赤い顔で隣の男子を叱り飛ばした。

「お前、これまでにもジヨンをずいぶんいじめただろ？　先生は全部見てたんだからな。家に帰ったらジヨンをいじめたことを一つ残らず紙に書いて、明日持ってこい。先生は全部知ってるんだから、一つでも抜かそうなんて思うなよ。お母さんと一緒に書いて、最後にお母さんにサインしてもらってこい」

隣の男子は、母ちゃんに殺されると言いながら肩をがっくり落として帰っていき、先生はキム・ジヨン氏を教室に残した。

こんどは何を叱られるのかと緊張していたのに、先生は意外にも、向き合って座るとキム・ジヨン氏に謝ってくれた。事情も知らずに叱ってしまってすまない、上ばきの持ち主がやったに決まってると思っていた、先生の考えが足りなくてすまなかった、これからは注意すると落ち着いて説明し、再発防止も約束してくれたのである。キム・ジヨン氏の気持ちはすーっとほぐれ、また涙がわっとこみ上げてきた。言いたいことやお願いがあるかと聞かれて、キム・ジヨン氏はうっ、うっと涙をこらえながら答えた。

「うっ、うっ、もう、あの子と、お隣に、しないで、ください」

先生はキム・ジヨン氏の肩をトントンたたいた。

「でもね、ジヨン。先生はもう気づいていたけど、ジヨンはわからないかなあ？　あいつはジヨンが好きなんだよ」

キム・ジヨン氏はびっくりしすぎて、涙がピタッと止まってしまった。

「あの子、私のこと嫌いですよ。いじめてるのをずっと見てたって、先生も言ったでしょ」

先生は笑った。

「男の子はもともと、好きな女の子ほど意地悪したりするんだよ。先生がちゃんと話しておくから、こんなふうに誤解したままで席を替えたりしないで、この機会に仲良くなれたらいいんだけど」

あの子が私を好きだって？　いじめるのが、好きだという意味だって？　キム・ジヨン氏は混乱してしまった。これまでに起きたことを巻き戻して思い出してみたが、どう考えても理解できない。好きだったらもっと優しく親切にするもんじゃないか。友だちにだって、家族にだって、家で飼ってる子犬や猫にだってそうだ。それが七歳のキム・ジヨン氏の常識だった。あの子のせいで学校生活がとっても大変だったのに。そして、今までそんな目にあってきたことも嫌なのに、友だちを悪く誤解して嫌ういけない子にまでされちゃったじゃないか。キム・ジヨン氏は首を横に振った。

「嫌です。絶対、絶対嫌です」

翌日、席替えがあった。キム・ジヨン氏はいちばん背が高く、いちばん後ろに一人で座っていた男子の隣になり、二人は一度もけんかをしなかった。

　三年生になると週に二回、学校で昼ごはんを食べることになったが、食べるのが遅いキム・ジヨン氏にとってその時間は大変な苦行だった。キム・ジヨン氏の学校は、学校給食のテスト校に指定されていた。周辺の学校に先がけて給食を開始することになり、大きくて清潔な調理室とランチルームが作られたのだ。お昼になると出席番号順に並んでランチルームに行って給食を食べるのだが、ランチルームは生徒全員を一度に収容できるほど広くなかったので、さっさと食べて次の生徒に席を空けてやらなくてはならない。

　食べ終えた生徒が運動場で、文字どおり手綱をほどかれた子馬のように跳び回っている間、キム・ジヨン氏はスプーンに山盛りのごはんを次から次へと口に詰め込んでいた。とりわけ三年生のときの担任は、少なめに配膳してもらうことも、残すことも決して許さなかった。先生は給食終了の五分前からまだ食べている生徒のまわりを歩き回り、何でまだ食べ終わらないんだと叱り、早く早くとせかし、スプーンでトレイをカンカンカンカンたたくので、ごはんがのどに詰まりそうになる。焦った生徒たちは薬を飲むときのように、ごはんとおかずを口につっこんでは水でごくんと飲み下していた。

キム・ジヨン氏は四十九人中の三十番だった。男子が一番から二十七番、女子が二十八番から四十九番で、それぞれ誕生日の順に並んでいる。キム・ジヨン氏は四月生まれだったからそれでも三十番めですんだが、もっと誕生日の遅い女子は、順番の早い生徒が食べ終えて立ち上がるころになってやっと座れるのだ。だから、食べるのが遅いと叱られるのは大部分が女子になる。

先生の精神状態がひどく悪い日だったのだろう。その日、週番が黒板をきれいに拭いておかなかったという理由でクラス全体が大目玉をくらい、急に爪の検査をやるぞということになり、キム・ジヨン氏は引き出しに手を隠し、大急ぎではさみで爪を切った。いつも最後まで残される何人かがこの日も先生の目を気にしながらごはんを飲み下していたが、先生はごはん粒や煮干しが顔の高さまで飛び上がるほどトレイをたたいて怒った。何人かは、ごはんをほおばったまま泣き出してしまった。怯えて泣きながら食べ終えた生徒たちは、誰からともなく掃除の時間に自然と教室の後ろに集まった。目配せ、手振り、短い単語のやりとりだけで約束が成立した。終礼が終わったら――市場の中の――トッポッキ〔餅を甘辛い調味料で炒めた軽食で、子どもの買い食いでも人気のメニュー〕の店で。

集まるや否や、不満が爆発した。

「私たち、八つ当たりされたんだよ。朝からずっと、けちばっかりつけてたもの」

「そうだよ」

「食べろ、食べろって横でずーっと言われたら、なおさら食べられない」

「わざと食べないんじゃないし、ふざけてるんでもないし、もともと食べるのが遅いのにどうしろっていうの？」

キム・ジヨン氏も同感だった。先生は正しくない。どこがどう間違っているか正確に言えなかったけど、悔しくてやりきれない。でも、自分の考えを話すことに慣れていなかったので、友だちの話を聞きながらずっとうなずいてばかりいた。するとキム・ジヨン氏と同じく黙っていたユナが言った。

「不公平だよ」

ユナは冷静に続けた。

「いつも番号順に食べるの、不公平だよ。食べる順番を決め直してくれって言おう」

先生にそう言うんだろうか。そんなこと、言っていいのかなあ。キム・ジヨン氏はちょっと考えてみて、ユナなら言ってもいいのかも、と思った。だってユナは勉強がよくできるし、その上、ユナのお母さんは韓国青少年育成会（青少年の健全な育成を目指し、非行予防などの活動を行う団体）の地区の会長だから。そして金曜日の学級会で、ユナはほんとうに手をサッと挙げて提案した。

「給食を食べる順番を変えるべきだと思います」

番号順に配膳するから、番号が遅い生徒は給食をもらうのも遅くなり、どうしても食べ終わりが遅くなる。毎回一番の子から給食をもらうのは、番号が遅い子にとっては不利である。配膳の順序を定期的に変えるべきだ。ユナは教壇に立った先生をまっすぐ見ながらはっきりとそう言い、先生はいつもと同じように微笑を浮かべていたが、口元がぴくぴくしていた。教室の雰囲気はぴーんと張りつめたゴム紐のようで、はらはらさせられる。話しているのはユナなのに、キム・ジヨン氏は緊張のあまり足がぶるぶる震えた。ところが、しばらくユナをじっと見ていた先生は、にっこり笑うとこう答えた。

「来週は、四十九番から順に配膳する。一か月に一度順序を変えよう」

最後の方の番号の女子たちが歓声を上げた。ランチルームに入る順番は変わったが、ランチルーム内の雰囲気はあまり変わらなかった。先生は相変わらず食べるのが遅いことを嫌い、食べものが胸につかえるほど叱ったし、トッポッキ屋に集まった六人のうち二人はまだ下位グループに属していた。キム・ジヨン氏はまん中ぐらいの番号なので配膳の順番はあまり変わらなかったが、なぜか遅く食べると負けたような気がするので急いで食べ、下位グループから脱出できた。

小さな達成感を感じた。不当だと思うことについて、絶対権力者に抗議して変えさせたのだから。ユナにとっても、キム・ジヨン氏にとっても、最後の方の番号の女子たちみんなにとっても大事な経験となった。いくらかの批判精神と自信のようなものが生まれた。でもそのときはわからなかった――なぜ出席番号は男子から先についているのか。出席番号の一番は男子で、何でも男子から始まり、男子が先なのが当然で自然なことだと思っていた。男子が先に整列し、先に移動し、先に発表し、先に宿題の点検を受けている間、女子はちょっと退屈しながら、ときにはラッキーと思いながら、全然おかしいとは思わずにおとなしく自分の番が来るのを待っていた。住民登録番号〔国民すべてに、出生時に一人に一つずつ決められた番号〕が男性は1から、女性は2から始まるのを、ただそういうものだと思って暮らすのと同じように。

四年生からは、生徒たちの直接投票で学級委員を選んだ。一学期と二学期の年二回、三年間で六回投票したが、キム・ジヨン氏のクラスでは六回とも男子が学級委員になった。多くの先生は成績の良い女子五、六人を選んで手伝いをさせ、採点や宿題の点検もさせており、女子の方が絶対賢いと口癖のように言っていた。生徒たちも、女子の方が勉強もできるし落ち着いてるし、きちんとしていると思っていたが、学級委員選挙では必ず男子が選ばれた。それはキム・ジヨン氏だけの特別な経験ではない。そのころは明らかに男子の学級委員の方が多かったのである。中学に入学して間もないころだと思うが、母親が新聞を見て驚いたように言った。

「最近の国民学校では女子の学級委員がすごく多いんだって。四〇パーセント以上だってよ(原注5)。ウニョンやジヨンが大きくなるころには女の大統領が出てくるかもね」

つまり、キム・ジヨン氏が国民学校に通っていたころでさえ、女子の学級委員はまだ半分にも満たず、それでも以前に比べれば大幅に増えていたというわけである。そして美化委員は女子、体育委員は男子がやっていた。先生が任命する場合も、自分で希望する場合も、そうだった。

キム・ジヨン氏が五年生のとき、一家は引越しをした。大通り沿いのマンションの三階だ。三部屋にダイニングキッチンとトイレつき。前に住んでいた家に比べると広さは二倍で、住みやすさは十倍だった。父親の月給と母親の収入を合わせてこつこつと貯金し、財テクで増やしたおかげである。母はさまざまな銀行預金の利率と特典をきっちり調べて、財形貯蓄や誓約貯蓄〔住宅用の積立貯金で利子が多くつく〕、特別預貯金〔期間限定の高金利貯金〕に投資した。また、信頼できる近所のおばさんたちが集まってやっている頼母子講《たのもしこう》〔民間の金融組合の一種。グループで集まって定期間に掛け金を出し、入札や抽籤によって毎回、一人が交代で所定の金額を受け取る〕でお金を回し、最大の収益はここから得た。だが母は、自分の姉をはじめ実家の親戚から頼母子講に誘われると必ず断った。

「いちばん信じられないのは遠くの血族。お金も無駄になるし、親戚づきあいも壊れちゃうから嫌なんだ」

前の家は古い住宅のあっちを少し、こっちを少しと手直ししたものだったので、昔風のところと現代風のところが妙な感じに入り混じっていた。庭があったところに作った板敷きの居間兼台所には暖房が入っていなかったし、浴室にはきれいにタイルが貼られていたが洗面台も浴槽もないので、洗面も洗髪も沐浴も大きなたらいに水をためてやっていたのである。しゃがむタイプの便器がついた狭いトイレは、それだけ独立して外にあった。新しい家は寝室にも居間にもキッチンにも暖房が入っていたし、トイレも家の中にあったから、一度家に入ったらもう靴をはいて移動しなくていい。

そして、姉妹の部屋ができた。いちばん大きな部屋は両親と弟が使い、次に大きな部屋はキム・ジヨン氏と姉が使い、いちばん小さい部屋が祖母の部屋になった。父と祖母は、今まで通り女の子たちと祖母が一部屋を使い、男の子は独立した部屋を使うべきではないかと言ったが、母は断固たる態度をとった。お年を召したおばあさんにいつまでも孫娘と一緒の部屋に住んでいただくわけにはいかない、一人でゆったりラジオを楽しんだり、お経のカセットテープを聴きながら昼寝もできるように、別の部屋を用意してさしあげなくちゃというのである。

「まだ学校にも上がってない子に、一人の部屋なんか要るもんですか。どうせ毎晩、枕を抱えて私たちの寝室にちょこちょこ来るに決まってるんだから。あんた、一人で寝る？　それともお母ちゃんと寝る？」

六歳の末っ子は、絶対絶対お母ちゃんと寝る、お部屋なんかいらないと主張したので、母の計画通り姉妹は姉妹だけの部屋を持つことになった。母は姉妹の部屋を調えるために、父には黙ってお金を別にとっておいたのだと言った。新しい机と椅子のセットを二つ、日がよく入る窓際に並べ、横の壁面には新しい洋服ダンスと本棚を置き、一人用の敷布団と掛け布団と枕を一組ずつ新しく買ってくれた。そして向かいの壁には、大きな世界地図を貼った。

「ほら、ソウルを見てごらん。ただの点だよ、点。つまり私たちは今、この点の中でごちゃごちゃ暮らしているってわけ。行けなくても、知っておきなさいね。世界はこんなに広いんだってこと」

一年後、祖母は亡くなり、その部屋は弟の部屋になった。だが弟はかなり長い間、毎晩枕を抱えて母親のもとに行っては、懐にもぐりこんで眠っていた。

一九九五年〜二〇〇〇年

キム・ジヨン氏は家から徒歩で十五分ほどの中学校に通うことになった。姉も同じ中学に通っていたが、姉が入学したころ、そこはまだ女子中学だった。

一九九〇年代になっても韓国は、非常に深刻な男女出生比のアンバランスを抱えていた。キム・ジヨン氏が生まれた一九八二年には女児一〇〇人あたり一〇六・八人の男児が生まれていたが、男児の比率がだんだん高くなり、一九九〇年には一一六・五人となった（原注6）。自然な出生性比は一〇三〜一〇七人とされている。そして、すでに男子生徒の方が多く、今後もそうだということがはっきりしているのに、男子が入学できる学校は不足していた。

数少ない共学の中学〔共学だがクラスは男女別に構成されている〕には、女子クラスの二倍近くも男子クラスが設置されていたが、校内の男女比があまりに偏っているのは問題である。それに共学の学校がない地域では、近くに中学があるにもかかわらず、遠くの女子中学や男子中学に長距離通学しなくてはならない生徒が大量に出るので合理的ではない。キム・ジヨン氏が入学した年にその中学は共学となり、ここを皮切りに、何年かの間に他の女子中学も男子中学もみんな共学になった。

平凡な学校だった。運動場が狭いので百メートル走では対角線を走らねばならず、建物の壁からモルタルのはがれたくずが年がら年じゅう落ちてくる、小さな、古い公立中学だ。服装の決まりがちょっと面倒で、女子にはひどく厳しかった。キム・ウニョン氏によれば、共学になってからいっそうひどくなったのだという。

制服のスカートは必ず膝下丈で、お尻や腿の出っ張りが見えないようにと、シルエットがタイトなものはだめだった。夏服の白い薄手のシャツはとても透けるので、シャツの中には必ず、衿ぐりも袖ぐりも丸い、おじさんのランニングみたいな白い下着を着なくてはならなかった。キャミソールはだめ、Tシャツもだめ、色がついてたりレースがついたのもだめ、ブラジャーだけの上に直接シャツを着るのは絶対絶対だめ。夏は肌色のストッキングか白い靴下、冬は学生用の黒のストッキング。黒のストッキングでも光沢のあるのはだめ、靴下を重ねばきしてもだめ。スニーカーをはくことは禁止で、革靴だけが許される。真冬に靴下も重ねばきせず、ストッキングと革靴だけで歩くと足がひどく冷えて、泣きそうになった。

男子生徒の場合、ズボンの裾を広げたり狭めたりして変形させてはいけないが、それ以外はだいたい黙認されていた。夏服の中に着るのはランニングでも白いTシャツでもいいし、ときどきグレーや黒のTシャツを着ている子もいる。それに、暑ければボタンを何個かはずしたり、休み時間にTシャツだけで歩いたりしても見逃してくれる。靴も、スニーカーでも革靴でもジョギングシューズでも何でもいい。

一度、スニーカーをはいて登校し、校門で捕まった女子生徒が、どうして男子にだけTシャツやスニーカーを許可するのかと抗議した。生徒指導部の教師は男性だったが、男子は四六時中運動しているからだと答えた。

「男子は休み時間の十分の間もじっとしてないだろ。サッカーだの、バスケだの、野球だの、少なくとも馬跳びぐらいはするじゃないか。そんな連中に、ワイシャツのボタンを首まで留めて、革靴をはいてろとは言えないだろ」

「女子は運動が嫌いだからやらないとでも思ってるんですか？　スカートとストッキングはいて、靴まで堅苦しいのをはいてて窮屈だからできないだけですよ。私だって国民学校のときは、休み時間にいつも馬跳びや石蹴りやゴム跳びやってましたよ」

　結局その女子生徒は、服装違反に加え、口答えまでしてけしからんというので、あひる歩き〔うさぎ跳びのようにしゃがんだ格好で歩かせる、体罰の一種〕でグラウンドを一周させられた。教師は、しゃがむと下着が見えるからスカートの裾をちゃんと押さえておけと言ったが、その子は最後までスカートを押さえなかったので、歩くたびにちらちら下着が見えた。そうやって一周してくると、先生はあひる歩きを中止させた。やはり服装違反でつかまり、一緒に教務室に引っ張っていかれた同じ組の生徒が、どうしてスカートを押さえなかったのかと尋ねた。

「この服装がどんなに不便だか、しっかり教えてやったんだよ」

　校則が変わることはなかったが、あるときから生徒指導部と先生たちは女子生徒のTシャツとスニーカーも黙認するようになった。

学校の近所には有名な露出狂がいた。数年間ずっと一定の時間と場所に出没し続けていた、地元の露出狂である。早朝の通学路に「ジャーン」と言って現れてはまだ幼い生徒たちの肝をつぶし、曇りの日には、女子クラスである二年八組の教室の窓からよく見える空き地に現れることもあった。キム・ジヨン氏は二年八組だった。クラス編成表が発表されると、八組になった生徒たちはざわめき、クスクス笑ったものである。

新学期が始まってまもない早春のことだ。明け方に春雨がしとしと降り、午前中ずっと霧がかかっていた。三時間めの休み時間、いちばん後ろの席の不良っぽい女子が、窓枠にもたれて外を見おろしていたと思うと「フュー」と、からかいとも歓声ともつかない声を上げた。けっこう遊んでいると評判の子たちが何人か集まってきて、「お兄さん！　お兄さん！　もう・いっ・かい！　もう・いっ・かい！」と叫び、手を打ってはやしたて、腹をかかえて笑った。キム・ジヨン氏は窓から遠い席に座ったまま首を伸ばして見てみたが、何も見えなかった。ほんとうは気になったのだが、窓ぎわに駆け寄るのも恥ずかしいし、じかに見る勇気なんかとてもない。あとで窓ぎわの席の友だちに聞いたところ、その日呼びかけに応えて露出狂が披露したパフォーマンスは、想像を超えていたそうである。

こうして、ひとしきり教室が上を下への大騒ぎになっていたとき、急に前のドアが開いて学生主任の先生が入ってきた。

「そこ！　窓ぎわで騒いでるお前ら！　こっち来い！　こっちだ！　みんな前に出ろ！」

窓ぎわにいた生徒たちはどやどやと教壇の前に出ていった。彼女たちは、自分たちは席に座っていて大声も出さなかったし、窓の外を見もしなかったと抗議し、先生はそのうち五人を文字通り〈抜擢〉して生徒指導室へ引き立てていった。彼女たちは四時間めの間じゅうずっと集団指導を受け、反省文を書かされたという。夕方になって戻ってきた不良娘は、窓の向こうにぺっとつばを吐いた。

「あーもう、畜生。見せた方が悪いのに。あたしらが何したっていうのさ？　変態を捕まえもしないで、あたしらに反省しろだなんて、何を反省しろってんだよ！　あたしがいつ脱いだんだよ？」

みんなそちらを見てくすくす笑った。何度つばを吐いても、不良娘の怒りはおさまらないようだった。

遅刻常習犯だった五人の反省文メンバーは、翌日からまっ先に登校するようになり、午前中はずっと机に突っ伏して寝ていた。何かたくらんでいるようだったが、大きな校則違反などをしたわけでもないので先生たちも何も言えない。そしてついに事件は起きた。ある朝早く、不良娘が路地で露出狂を取り押さえたのである。一本橋の上で仇《かたき》に出くわしたようなものだ。彼女が露出狂とにらみ合うと、後ろに隠れていた四人がいっせいにとびかかり、準備しておいた物干しロープとベルトで露出狂を縛り上げて近所の派出所に引っぱっていった。その後派出所で何があったのか、露出狂がどうなったかを知る人はいない。ともあれその後露出狂が現れることはなかったが、五人は謹慎処分を受けた。一週間というもの授業を受けられず、教務室の隣の生徒指導室で反省文を書き、グラウンドとトイレの清掃をして帰ってきた彼女たちは、固く口をつぐんでいた。先生たちはときどき、その生徒たちとすれ違うと頭をトンと小突いたりした。

「女の子が恥ずかしげもなく。学校の恥だぞ、恥」

不良娘は先生が通り過ぎたあと、低い声で「畜生」と言い、窓の外につばを吐いた。

初めての月経があったのは中学二年のときだった。同年代の子に比べて遅くも早くもなかった。姉も中二だったし、キム・ジヨン氏は姉と体型も食べものの好みも似ていたし、順ぐりにおさがりの服を着られるぐらいに成長の速さも似ていたので、そろそろだなという予感はあった。あわてずに、姉の机のいちばん上の引き出しに入っている空色のナプキンを取り出して使い、生理が始まったことを姉に告げた。

「あーあ。あんたも、良い時期はもう過ぎちゃったね」

キム・ウニョン氏はすぐさまそう言った。他の家族に言うべきなのか、どう言えばいいのかもわからなかったキム・ジヨン氏の代わりに、キム・ウニョン氏は母親にだけそのことを伝えた。そして何ごとも起きなかった。その日、父は帰宅が遅くなる予定で、ごはんが中途半端に余っていたので、母は夕食にラーメンを三袋煮てごはんを入れて食べることにした。食卓にラーメンの大きな鍋と汁椀が四個並ぶや否や、弟が自分の器に麵をごっそりさらっていき、キム・ウニョン氏が弟にゲンコツを見舞った。

「あんた一人でこんなにいっぱい食べたらあたしたちはどうなんのよ。それに、まずお母さんが盛るのを待ってなきゃだめでしょう」

キム・ウニョン氏は母の器に、麺とスープとかき卵をいっぱいに入れ、弟の器から麺の半分を自分の器に移した。すると母がその麺をまた弟に分けてやったので、キム・ウニョン氏はキーッとなって叫んだ。

「お母さん！　自分で食べてよ！　それとこんどから、一人用の鍋で作ってめいめいで食べようよ！」

「いつからそんなに母さんを大事にしてくれるようになったの？　ラーメンぐらいで大騒ぎしてさ。それに、別々に作ったら洗い物が増えるけど、あんたが洗ってくれるの？」

「もちろんやるよ。私、皿洗いも掃除もいっぱいやってるじゃん。洗濯物だって取り込んでたたんでるし。ジヨンだってそうだよ。うちで家事を何もしない人、一人だけだよ」

キム・ウニョン氏が弟をにらむと、母は弟の髪を撫でながら言った。

「まだ小さいじゃないか」

「どこが小さいの？　私は九歳のときからジヨンが学校に持っていくものをそろえてやったし、宿題も見てやったでしょ。あたしたち、この子ぐらいのときには雑巾がけもやってたし、ラーメンや目玉焼きぐらいは自分で作ったよ」

「だって、末っ子じゃないか」

「末っ子だからじゃないでしょ、男の子だからでしょ！」

キム・ウニョン氏はお箸をバンと食卓にたたきつけると、自分の部屋に引っ込んでしまった。母は複雑な表情で閉じたドアを見やってため息をつき、キム・ジヨン氏はラーメンがのびちゃうと思ったが食べるに食べられず、母の顔色をうかがっていた。

「おばあちゃんがいたら、お姉ちゃん、ものすごく叱られたはずだよ。女が男の頭をたたくなんて」

弟は麺をずるずるすすりながら無神経な愚痴を言い、キム・ジヨン氏にもう一発ゲンコツを見舞われた。母は上の娘をなだめもせず、怒りもせず、キム・ジヨン氏の器にスープをもう一すくい入れてくれた。

「あったかいものをいっぱい食べないとね。服もあったかくするんだよ」

父親から花束をもらったという友だちもいたし、家族とパーティーをしてケーキを食べたという友だちもいた。けれど大部分の女の子にとって生理は、母、姉、妹とだけ共有する秘密にすぎなかった。面倒くさくて、痛くて、なぜか恥ずかしい秘密。キム・ジヨン氏の家も大差はなかった。母は、口に出して言ってはいけないことであるかのように直接は何も言わず、ラーメンのスープをよそってくれただけだった。

その夜、不自由で不安な気持ちのまま姉の隣に横になったキム・ジヨン氏は、自分に起きたことを冷静に思い返してみた。月経とラーメンについて考えた。ラーメンと男の子について。男の子と女の子について、男の子と女の子と家事について。何日か後、姉に、ファスナーのついた手のひらぐらいの布のポーチを一つ、プレゼントされた。中には中ぐらいのサイズのナプキンが六個入っていた。

瞬間吸収ジェルや羽根つきのナプキンなどが普通になったのはちょっと後のことである。黒いビニール袋にそっと隠して買ってきたナプキンは接着力が弱いためしょっちゅう丸まり、真ん中に集まってしまう上、吸収力も劣っていた。気をつけてもつけても、寝返りを打つとときどき服や布団に血がつく。薄い服が多くなる夏には特になおさら目立つ。まだ目が覚めきらずぼーっとしながら顔を洗い、ごはんを食べ、トイレと台所と自分の部屋を行き来して登校準備をしていると、母がびっくりしてキム・ジヨン氏の脇腹をぐっと突いたりする。そのたび、大きな間違いでもやらかしたみたいに部屋に逃げ込み、着替えるのだった。

そんな不自由さよりも耐えられなかったのは生理痛だ。姉から聞いて覚悟はしていたが、二日めには量がとても増え、胸や腰、下腹、骨盤、お尻、内腿まで腫れたようにだるく、引っ張られるような痛みがあり、ずきずきしてよじれるようだ。保健室に行くと湯たんぽを貸してくれたが、お湯を入れた真っ赤な湯たんぽは大きすぎる上にゴムの臭いがひどく、また、それを持って歩くのは生理中だと宣伝しているようで気が進まない。だからといって頭痛、歯痛、生理痛のどれにも効くという鎮痛剤を飲むと頭がぼんやりして吐き気がするので、たいていは何もせずに耐えた。毎月、何日かは必ず経験することなのに、そのたびに薬を飲むのが習慣になってしまったら体に悪いのではないかという漠然とした思いもあった。

下腹を抱えて床にうつ伏せになり、宿題をしながら、キム・ジヨン氏は「わけわかんないよ」と何度も言った。世の中の人の半分が毎月、やっていることなのに。どの痛みにも効くと宣伝しているくせに結局は吐き気がするだけの鎮痛剤じゃなく、ほんとに効果があって副作用がない生理痛専用の薬を開発したら、その会社は大儲けできるのに。姉はお湯を入れたペットボトルをタオルでぐるぐる巻いてジヨン氏に渡しながら、同意した。

「そうだよ。がんだって治すし、心臓も移植する世の中なのに、生理痛の薬もないなんて何さ。子宮が薬でおかしくなったら大変だとでも思ってるのかな。ここを、ものすごい聖域みたいに思ってるんじゃないの」

姉はそう言って自分のお腹を指差し、キム・ジヨン氏は痛いながらもペットボトルを抱えてくすくす笑った。

高校はバスで十五分ぐらいかかる女子校が割り当てられた〔韓国では、外国語や科学に特化した高校など特別な学校を除いて高校受験がなく、地域の高校に割り当てられる（一部地域では受験がある場合もある）。ソウルなどでは名門校といわれる高校のそばに引っ越す人も多い〕。バスで三十分かかる有名な予備校に数学の授業を聴きに通い、一時間ぐらいかかる大学街によく遊びに行った。高校に入ってあっという間に行動半径が広がってみると、世界は広く、変態は多かった。バスや地下鉄の中で伸びてきて、お尻や胸元をかすめていく不審な手は少なくないのだ。腿や背中に遠慮なく体を密着させてすりつけてくる人でなしもいる。放課後に予備校に通う男子高校生も、熱心に教会に通う男子も、親切な家庭教師のお兄さんたちだって電車に乗れば、肩に手を載せたり、首を撫でたり、ブラウスや開襟シャツの襟あきやボタンの間をちらちら見たりする。女の子たちは鳥肌を立てながら体をよけるだけで、声を上げることもできなかった。

学校さえ安心できなかった。無理やり腕の内側に手を入れてつねったり、すっかり育ちきった女子生徒のお尻をたたいたり、ブラジャーの紐が横切っている背中の真ん中を撫でたりする男性教師が必ずいたからだ。一年生のときの担任は五十代の男性だったが、先が人差し指を伸ばした形になっている指示棒を使ってお り、名札検査だと言ってはその棒で生徒の胸をつついたり、制服検査だと言ってはスカートを持ち上げたりした。あるとき、朝礼を終えた担任がうっかり指示棒を教卓に忘れて出ていくと、しょっちゅう名札検査をされていた胸の大きい生徒がずかずかと前に進み出て、指示棒を床にたたきつけた。彼女はそれを容赦なく足で踏みにじりながら泣いていた。前の席の生徒たちがすぐに指示棒の残骸を集めて捨て、胸の大きい生徒の親友が彼女を抱いて慰めた。
それでも、学校と予備校だけを往復していたキム・ジヨン氏はまだましな方である。アルバイトをしている友だちはほんとうにひどい目にあっていた。服装や勤務態度を理由に、バイト代を盾にとって接近してくる雇い主や、商品と同時に若い女をからかう権利も買ったと錯覚しているお客が山のようにいたからだ。女の子たちは自分でも気づかないうちに、男性への幻滅と恐怖を心の奥にどんどんためこんでいった。

予備校の特別講義があった日のことだ。正規の授業に加えて特別講義まで聴いたので、かなり遅くなった。あくびをしながら停留所でバスを待っていると、男子生徒が一人、キム・ジヨン氏の目を見てこんにちはと言う。顔には見覚えがあるけれど、知らない人だ。キム・ジヨン氏は、同じクラスで授業を受けている生徒だろうと思ってぎこちなく頭を下げた。三、四歩離れて立っていたその男子生徒は、ちょっとずつちょっとずつ近づいてきた。二人の間にいた人たちはみなお目当てのバスが来て乗っていってしまい、いつの間にか彼はキム・ジヨン氏のすぐ隣に立っていた。

「何番のバスですか？」

「え？　どうして？」

「送ってほしそうだから」

「私が？」

「ええ」

「違います。違います。行ってください」

あなたは誰、私を知ってるのと聞いてみたかったが、なぜかそれ以上話すのが怖い。キム・ジヨン氏は目をそらし、遠くの車のライトだけを見ながら立っていた。待っていたバスが来たときもキム・ジヨン氏はそっちを見ないようにし、最後の最後に駆け寄って飛び乗った。ところが男子生徒も追いかけて素早く乗ってしまったではないか。バスの窓に映った男子生徒の後ろ姿をずっとにらみながら、彼も窓に映ったキム・ジヨン氏をにらんでいるだろうと思うと、怖くて頭がおかしくなりそうだ。

「あなた、大丈夫？　具合が悪いの？　ここに座んなさい」

青ざめて脂汗を流しているキム・ジヨン氏に、勤め帰りらしい女の人が席を譲ってくれた。キム・ジヨン氏は女の人に助けを求めようと、相手の指先をつかんで目で訴えた。彼女は状況がわからず、聞き返した。

「具合がとっても悪いのね？　病院に連れていってあげましょうか？」

キム・ジヨン氏は下を向いて、男子生徒に見えないように手をおろし、親指と小指で電話の形を作ってみせた。女性はキム・ジヨン氏の手と表情を順に見て首をかしげ、しばらく考えていたが、バッグから大きな携帯電話を出してそっと渡してくれた。キム・ジヨン氏はぐっとうつむいて隠しながら、父親にメールを送った。**ジヨンです　バス停まで迎えに来て　お願い。**

バスが自宅そばの停留所にほとんど近づいたころ、キム・ジヨン氏は切実な思いで窓の向こうを見渡した。父の姿は見当たらない。男子生徒は一歩後ろに立っている。降車ドアが開く。降りるのは怖かったが、だからといってこんな遅い時間に、知らない町まで乗っていくわけにもいかないだろう。頼むからついてこないで、追ってこないでと祈りながら、キム・ジヨン氏は誰もいない停留所に降り立った。だが男子生徒はついてくる。バスから降りたのは二人だけだ。静まり返った停留所には誰一人通りかかる人もおらず、街灯さえ故障してあたりはひどく暗かった。凍りついて身動きもできないキム・ジヨン氏に男子生徒は近寄ってきて、低い声で言った。

「あんた、いつも俺の前の席にいるじゃん。俺にプリント渡すときも、すっげえニコニコしてんじゃん。毎日毎日、どうぞーとか言って愛想いいくせに、何で痴漢扱いするんだ?」

知らなかった。後ろの席に誰がいるかなんて、プリントを回すとき自分がどんな表情をしてるかなんて。道に立ちはだかっている男に、どうしたらあっち行ってと言えるのか。そのときだ。出発したバスが停まると、さっきのあの女の人が降りてきて叫んだ。

「あなた！ そこのあなた！ 忘れものよ！」

彼女が、自分の首に巻いていた、ぱっと見にも高校生のものとは絶対思えないスカーフを振りながら走ってくると、男子生徒は「このクソアマ」と悪態をついて大股で行ってしまった。女の人が停留所に着き、キム・ジヨン氏が地面にしゃがんで泣き出したとき、父親が息せききって路地から飛び出してきた。キム・ジヨン氏は二人に、手短に事情を説明した。同じ授業を受けている男子生徒らしくて、全然覚えがないんだけど、自分に気があると勘違いしたらしいと。そして三人は停留所のベンチに並んで座り、次のバスが来るのを待った。父は、急いで出てきたので手ぶらですみません、タクシーでも呼んでお送りすべきなのに申し訳ない、必ずお礼をしますと言ったが、女の人は手を振って固辞し、こう言った。

「タクシーの方が怖いですよ。今日はお嬢さんがとても怖い思いをしたようだから、慰めてあげてくださいね」

だがキム・ジヨン氏はその日、父にひどく叱られた。何でそんな遠くの予備校に行くんだ、何で誰とでも口をきくんだ、何でスカートがそんなに短いんだ……。そんなふうに育てられてきたのだった。気をつけろ、服装をきちんとしろ、立ち居振る舞いを正せ、危ない道、危ない時間、危ない人はちゃんと見分けて避けなさいと。気づかずに避けられなかったら、それは自分が悪いんだと。

母はその女の人に電話して、タクシー代だけでもお渡ししたい、小さなプレゼントでも、それがだめならコーヒー一杯でも、みかん一袋でもいいからさしあげたいと言ったが、彼女は最後まで断った。キム・ジヨン氏は直接挨拶しなくちゃと思ってまた電話をかけた。彼女はよかったと言い、それからすぐに、あなたが悪いんじゃないと言ってくれた。世の中にはおかしな男の人がいっぱいいる。自分もいろいろ経験した。でも、おかしいのは彼らの方で、あなたは何も間違ったことはしていないという彼女の言葉を聞いて、キム・ジヨン氏はいきなり泣きだしてしまった。ぐすぐすと涙を飲み込み、何も答えられずにいるキム・ジヨン氏に、電話の向こうから彼女はつけ加えた。

「でもね、世の中にはいい男の人の方が多いのよ」

結局キム・ジヨン氏は予備校をやめ、以後しばらく、暗くなってから停留所の近くに行くことができなくなった。顔からは笑いが消え、知らない人とは目も合わせられないようになった。男の人がみんな怖く、階段で弟と出くわして悲鳴を上げることさえあった。そのたびにあの女の人の最後の言葉を思い出した。私の間違いじゃない。世の中にはいい男の人の方が多いんだ。彼女がそう言ってくれなかったら、多分もっと長く、あの恐怖から抜け出せなかっただろう。

関係ないと思っていたのに、キム・ジヨン氏の家庭にもＩＭＦ危機〔一九九七年、アジア通貨危機に直面した韓国がＩＭＦ（国際通貨基金）に経済主権を委ねた事件〕の影響が及んできた。鉄のように堅固だと信じていた公務員の社会にもリストラの嵐が押し寄せてきたのだ。人員削減だの、名誉退職〔日本でいう勧奨退職。ＩＭＦ危機の当時、四、五十代の管理職の人が部下たちを守るために早期退職を選ぶという意味で「名誉退職」と呼ばれた。初期のうちは名誉退職者には退職金が上乗せされたが、後にはそんな余裕はなくなった〕だのという言葉は金融業界や大企業だけの話だと思っていたのに、末端公務員である父親が退職勧告を受けたのである。同僚たちは断固として辞めないという姿勢だった。父も同じだったが、しかし不安を覚えていた。高給取りではないけれど、安定した仕事で家族を養っているというのが彼の最大の誇りだったのだから。まじめにコツコツと、いつも失敗のないよう、間違いのないように生きてきたのに生活が脅かされた父は、ひどく当惑し、目に見えて動揺した。

　よりによってそのとき、キム・ウニョン氏が高校三年生だった。家庭内は薄氷を踏むような空気だったが、キム・ウニョン氏は周囲の状況に飲みこまれず、好成績をキープしていた。成績は大幅に伸びはしなかったが、高三の間じゅうずっとゆるやかに上昇しており、大学修学能力試験〔日本のセンター試験に該当する試験。これの結果によって志望校を決定して二次試験を受ける〕でも満足のいく成績を収めることができた。

　母は長女に、用心深く、地方のある教育大学を勧めた。母本人も長く悩んだ末のことだった。年長者は職場を追われ、若者には職場がないご時世だ。定年まで保証されていると思っていた父の職場まで不安定になり、妹弟は二人もいるし、景気は相変わらず悪化していく。母はキム・ウニョン氏本人のためにも、そして他の家族たちのためにも、安定した職場に入れる可能性の高い大学に進学することを願ったのだ。しかも、教育大学は学費も安い。

だが当時は、公務員と教師の人気が急上昇したため、教育大学の足切りラインがすっかり上がっていた。キム・ウニョン氏の実力なら十分にソウルにあるさまざまな大学に入れたが、その中でもソウルの教育大学に入ることは不可能だった。放送局のディレクターになるのが夢だったキム・ウニョン氏は、マスコミ関連の学科に進路を定めており、自分の点数で行けそうな大学に絞り、二次試験の小論文の資料も探して昨年から着々と準備を進めていた。母親が教育大学の話を持ち出すと、キム・ウニョン氏は一秒の迷いもなく拒絶した。

「私、先生になんかなりたくない。やりたいことは他にあるんだもの。それに、何で家を出てそんな遠くの大学に行かなきゃならないの?」

「先々のことを考えてごらん。女の職業として、先生ほど良い仕事はないんだよ」

「先生の何がそんなに良いの？」

「早く上がれるだろ、休みが長いだろ、休職しやすいだろ。子どもを育てながら働くのにこれ以上の職場はないよ」

「確かに、子育てしながら働くには良い職場だよね。でもそれって、誰にとっても良い職場ってことでしょ、どうして女だけに良いって言うの？　子どもって女が一人で産むものなの？　お母さん、息子にも同じこと言う？　あの子も教育大学に行かせる？」

ジヨン氏姉妹は一度も、良い男性に出会って嫁に行けとか、良い母親になれとか、料理が上手でなきゃいけないとか言われたことはなかった。もちろん小さいときから家事はたくさんやってきたが、それは忙しい両親を助けるために自分のことは自分でやるという意味で、女だから家事を身につけろということではなかった。ある程度大きくなってから両親に言われたお小言は、大きく分けて二種類である。まず、生活習慣や態度に関することだ。背中をまっすぐ伸ばしなさい、机をちゃんと片づけなさい、暗いところで本を読んだらいけません、学校に持っていくものは前もって準備しておきなさい、大人にはちゃんと挨拶しなさい……そして二番めは、勉強しろということ。

そのころになると、女だから勉強ができなくてもいいとか、学歴がなくてもいいと考える親はいなかったようだ。女も男も同じように制服を着て、かばんをしょって学校に行くのが普通になって久しく、女の子も男の子と同じように適性について悩み、社会人としての未来を計画し、それに近づくために努力し、競争していた。むしろ、女だからといってできないことはないという社会からの支持や応援の声が高まっていた時期である。キム・ウニョン氏が十九歳だった一九九九年には「男女差別禁止及び救済に関する法律」が制定され、キム・ジヨン氏が十九歳だった二〇〇一年には女性家族部〔女性の地位向上、家族の健康福祉、多文化家族の支援、児童・青少年の育成・福祉・保護などを管轄する行政機関〕が出帆した（原注7）。だが、決定的な瞬間になると「女」というレッテルがさっと飛び出してきて、視線をさえぎり、伸ばした手をひっつかんで進行方向を変えさせてしまう。それで女子はなおさら混乱し、うろたえる。

「それに、私が結婚するかどうか、子どもを産むかどうかだってまだわかんないじゃない。ううん、その前に死ぬかもしれないのに。どうして、起きるかどうかもわからない未来のできごとに備えて、今やりたいこともやらずに生きなきゃいけないの？」

　母は振り向いて、壁に貼った世界地図をじっと見ていた。角がだいぶぼろぼろになったその地図には、黄緑色と青のハートのシールが何枚か貼ってあった。キム・ウニョン氏が、行ってみたい国に印をつけておこうと言って、日記に貼るために買ったシールをキム・ジヨン氏にも分けてくれたことがあったのだ。キム・ジヨン氏はアメリカ、日本、中国などのよく聞く国にシールを貼り、キム・ウニョン氏はデンマークやスウェーデン、フィンランドなどの北欧の国にシールを貼っていた。どうしてそんなところに行きたいのと聞くとキム・ウニョン氏は、韓国人が少なそうだからと答えた。母もそのシールの意味を知っていた。

「そうだね、母さんが間違ってた。変なこと言っちゃったね。小論文、頑張りなさい」

　母がゆっくりとうなずきながら向き直ると、キム・ウニョン氏がお母さん、と呼び止めた。

「もしかして、学費が安いし進路も保証されてるからなの？　卒業したらすぐにお金が稼げるから？　お父さんの仕事もこのごろ不安定だし、これからお金のかかる妹弟が二人もいるから？」

「そうだよ。そういう理由もある。それが半分で、教師という仕事がいろんな面でほんとに良い職業だからっていうのが半分さ。でも、今はあんたの言う通りだと思ってるよ」

母は正直に答え、キム・ウニョン氏はそれ以上の質問はしなかった。

キム・ウニョン氏は初等教育に関する資料を集め、先生と何度も相談し、実際に地方のとある教育大学に見学に行って願書を買ってきた。するとこんどは、かえって母の方が思いとどまらせようとした。家族と兄弟のために自分の夢をあきらめた経験のある彼女は、その気持ちを誰よりもよく知っていたのだ。母はある時点から、自分の兄弟たちとほとんどつきあっていない。彼女の犠牲は、熟慮を重ねて覚悟を決めて、自分で選んだものではなかった。そのような犠牲への後悔と恨みは深く、長く、結局そのわだかまりが親戚づきあいを壊してしまった。

キム・ウニョン氏の説明では、進路を変えた理由はそんなことではなかった。考えてみれば、プロデューサーという職業に漠然とした憧れがあっただけで、正確にはどんな仕事をするのかもわかっていない。一方で、妹や弟に本を読んでやったり宿題を手伝ったり、一緒に何かを作ったり描いたりすることは小さいときから実際に好きだったし、ともかく自分の適性はプロデューサーより教師の方に向いているようだと言うのだった。

「お母さんの言う通り、良い職業だと思うんだ。早く上がれるし長期の休みはあるし、安定してるし。何より、野菜みたいにすくすく伸びていく子どもたちに、優しくていねいに教えてあげるってすてきなことじゃない。もちろん、大声を出さなきゃいけないときの方が多いんだろうけど」

キム・ウニョン氏は見学に行った地方の教育大学に願書を出して合格した。寄宿舎にも入ることができた。弾む気持ちを隠せない娘に簡単な所帯道具を買いそろえてやり、耳に入りもしない注意を与えて帰ってきた母は、キム・ウニョン氏の空いた机につっぷして泣いた。まだ若いのに家から出すんじゃなかった、ほんとに行きたい学校に行かせてやればよかった、私みたいなことをさせるんじゃなかったと言って。娘がかわいそうなんだか、若かりし日の自分がかわいそうなんだかわからない。キム・ジヨン氏が母に言える慰めの言葉は一つだけだった。

「お姉ちゃんはほんとにあの大学に行きたかったんだよ。毎日、この学校案内のパンフレットを持って寝てたんだもん。ほら見てよ、もうすっかりぼろぼろでしょ」

「ほんとだねえ」

「お母さんって、二十年も育てたお姉ちゃんのことが全然わかってないんだねえ。お姉ちゃんがやりたくないことをやる人だと思う？ ほんとに自分が行きたくてそこに決めたんだよ。だからそんなに悲しむこと、ないよ」

母はぐっと明るい表情になり、軽い足取りで部屋から出ていった。

姉が出ていって一人残されてみると、がらんとした部屋がとても新鮮に感じられる。キム・ジヨン氏は嬉しくて、ほんとうに天井のあたりまで飛び上がれそうな気がした。床をごろごろ転げ回って、喜びの声を上げた。一人だけの部屋を持ったのは初めてだ。すぐにでも姉の机をどかしてベッドを置きたいと思った。いつだってベッドが欲しかったのである。

キム・ウニョン氏の大学進学は、家族の誰にとっても成功だった。

父は結局、名誉退職を選んだ。残された人生は長く、そして世の中はあまりにも大きく変わりつつある。どの机にもパソコンが置かれていたが、手書き世代の父はまだ人差し指一本でキーボードを打っているありさまだ。年金をもらうために必要な勤続年数はすでに満たしており、今なら退職金もたくさんもらえるので、手遅れになる前に第二の人生を始めると宣言したのだ。とはいっても子どもの一人は大学に入ったばかりだし、教育費が際限なくかかる子どもがまだ二人もいる。そんな人が職場を辞めるというのは、世間知らずのキム・ジヨン氏から見ても危うい判断だった。キム・ジヨン氏は何となく不安だったが、母はそんな父をたしなめもせず、心配もせず、止めもしなかった。

退職金を手にした父は、事業をやると言いだした。同時に退職した同僚が同窓生と一緒に、中国との間で貿易のようなことをやるのだが、参加しないかと提案されたのである。父は退職金の大部分をそこに投資すると言い、こんどは母が断固として反対した。

「今まで、五人家族を抱えてご苦労様だったわね。ありがとう。だからもうあなたは遊んでて。その方がいい。その代わり中国の〈中〉の字も言わないで。投資したらその瞬間に離婚だから」

愛情表現はあまりしないけれど、年に一度は必ず二人だけで旅行をし、ときどき夜に一緒に出かけて深夜映画を見てはお酒を一杯ずつ飲んで帰ってくるような、そんな夫婦だった。子どもの前で大声でけんかしたこともない。重要な決定を下す際には常に、母が注意深く意見を述べ、父はおおむねそれに従ってきた。結婚生活二十余年めにして父の考えを貫き通した最初の事件が退職であり、その勢いで事業を始めようとすると、夫婦の間には埋められない亀裂が入ってしまった。

二人の間にまだ冷たい空気が漂っていたある日のこと。外出のしたくをしていた父が洋服ダンスを探しながら、「えーと、あれは、どこだった?」と言った。母が引き出しから紺色のカーディガンを出してやった。次にまた「あれ、あれ、どこだっけ?」で黒い靴下が、そして「おい、それと、あれもな」で腕時計が出てきた。それを腕にはめてやりながら、母はこう言った。

「あなたより私の方がよっぽど、あなたの考えがわかってんのよ。あなたが得意なことは別にあるんだから、もう中国、中国って言うのやめなさい」

そして父は中国との事業をあきらめ、商売をやることになった。母は投資目的で買っておいたマンションを売ってかなりの利益を出していたので、それに父の退職金を合わせて、これから分譲が始まる新築ビル一階部分の商店街の一角を買った。大通りにも面しておらず、中途半端な立地の割に決して安くなかったのだが、母は投資価値があると判断したらしい。当時は、周囲の古い住宅街が軒並み、大規模な団地に変貌している最中だった。商売をやるならどうせ店舗は必要になる。賃貸料を毎月払ったり、高額な権利金を払って既存の物件に入居したりするより、新築ビルの一角を買った方が有利だと考えたのだ。

最初の商売はチムタク〔安東《アンドン》の郷土料理で鶏肉の甘辛い煮物〕だった。当時はフランチャイズのチムタク屋が大流行しており、父の店も初めのうちは行列ができるほど流行った。しかし人気は長続きしなかった。損失が出るほどではなかったが、といって利益は残せないまま最初の店はたたみ、次はフライドチキンの店を始めた。名前こそフライドチキン屋だが、実質は飲み屋である。ずっと九時五時のリズムで働いてきた父の体は深夜営業によって急速に弱ってしまった。こんどは健康上の理由で急いで店をたたんだ。

次にフランチャイズのパン屋を始めたのだが、間もなく似たようなパン屋が近くにどんどんでき、だめ押しに通りの向かいにまったく同じフランチャイズの店舗ができた。その全部が同じくらい商売がふるわず、一か所、二か所と看板をおろしはじめた。賃貸料の負担がない父の店はそれでも長く続いた方である。近所に大規模なカフェ兼ベーカリーができると、もう失敗を認めるしかなかった。

キム・ジヨン氏が高校三年のときも、姉の大学受験のときと同様に家庭内のムードは最悪だった。両親は何としてでも生き残り、子どもたちの未来のために責任を果たそうと東奔西走したが、実際に目の前にいる子どもの面倒をみてやることはできなかった。だからキム・ジヨン氏は弟と自分の制服を洗濯し、アイロンをかけ、ときどきは弁当も作り、気の合わない弟を押さえつけて勉強させ、自分の勉強もしながら受験生生活を送っていた。くたびれはてて、急に何もかもやめてしまいたくなるときもあったが、姉は、大学にさえ行けばやせるし、彼氏もできると明るいことを言ってジヨン氏を励ました。実際、姉はかなりやせて彼氏もでき、キム・ジヨン氏に大いに刺激を与えていたのである。

いざ修能試験を無事に終えてみると、キム・ジヨン氏は、両親は自分の学費を払えるのだろうかと心配になってきた。自分と弟の夕食を作るためにちょっとだけ家に帰ってきた母に、ジヨン氏はそっと、店の売り上げや父の健康、そして銀行の残高を心配する言葉をかけてみた。母が座りこんで大泣きしたり、話が出たから言うけど学費は自分で用意してね、などと言いだしたりしたらどうしようと、内心少々不安を覚えながら。だが、母はキム・ジヨン氏の不安をたった一言で片づけた。

「受かってから心配しな」

キム・ジヨン氏はソウルのとある大学の人文学部に合格した。家族の誰にもキム・ジヨン氏の進路に関与する余力はなかったので、一人で悩み一人で対応した結果である。合格してみるとキム・ジヨン氏はまた学費のことが心配になった。母は、一年生の分はあると正直に答えた。

「一年後もこんな具合だったら、家を売るなり店を売るなりするから、心配しなくていいよ」

高校卒業の日、キム・ジヨン氏は初めて酔っ払うまで酒を飲んだ。姉が、キム・ジヨン氏と友だちの二人を連れて焼酎を飲みに連れていってくれたのだが、初めて飲む焼酎は意外に甘くて美味しく、ごくごく飲みつづけてひっくりかえってしまった。姉がキム・ジヨン氏をほとんどおぶうようにして家に連れて帰り、両親は姉だけに、いいこと教えてやったねと言い、キム・ジヨン氏には何のおとがめもなかった。

二〇〇一年〜二〇一一年

キム・ジヨン氏は大学に行ったら勉強を頑張って、奨学金をもらおうと決心していたが、その望みはかなわなかった。一学期の初めからもう成績はふるわなかった。授業には全部出て、課題も全部出し、一生けんめい勉強したけれど、結果はそうだった。中高での成績は比較的上だったし、試験の結果がひどくても、次の機会に気を引き締めてしっかり勉強すれば挽回できたものだ。けれども大学では似たような成績の学生が集まっているので、上位に躍り出ることは難しい。教材の理解を助けてくれる参考書もないし、出題のタイプを教えてくれる過去問集もないので、どう勉強したらいいのかまるでわからない。

「食べて遊んで大学生」などという言葉ももう昔話になっていた。遊び回っている学生なんか、いなかった。大部分は熱心に単位を取り、英語を学び、インターンシップに参加したりさまざまなコンペ〔企業や自治体、大きな行事の実行委員会などが行うコンテンツアイディアなどの公募で、入賞すると就職活動の際に有力なスペックになるため、大学生も盛んに参加している〕に応募したり、アルバイトしたりと忙しい。キム・ジヨン氏は、大学街のロマンは消えたのねと姉にこぼしてみたが、あんた、頭が変よと言われただけだった。

友だちの間では、中高生のときに父親の事業がつぶれたとか、早期退職させられたとかいった話がよく出た。相変わらずの不況で、学生のアルバイトも親の職場状況もぱっとしないのに、IMF危機の際に凍結されていた学費が、物価上昇とともに挽回でもするかのようにめきめき上がったのである。二〇〇〇年代に、大学の学費の上昇率は物価上昇率の倍以上に達した(原注8)。大学でできたいちばんの仲良しは、一年生を終える前に休学した。彼女の家は長距離バスで三時間もかかるところだったが、両親の元を離れたい一心で必死にソウルに進学したという。彼女が話してくれなかったので家の事情はよくわからないが、両親からの経済的援助はほとんど受けていなかったらしい。友だちは、どんなにアルバイトをしても授業料、教材費、下宿代、生活費まで全部は稼げないと言っていた。「午後は予備校で小論文対策を教えて、夜はカフェでバイトして、下宿に戻ってちょっとお風呂でも入ったらもう夜中の二時だよ。その後で予備校の授業の準備とか、生徒の宿題の添削して、ちらっと寝るんだもん。講義と講義の間の休み時間は、あんたも知ってる通り勤労奨学生（大学内の図書館や事務室などで仕事をする代わりに授業料が免除・減額される制度）の仕事をしてるじゃない？　正直もう疲れちゃって、講義中は眠くてしょうがないんだよね。大学にかかるお金を稼ぐので大学生活はもうめちゃくちゃ。単位だってもう最悪だよ」

地元に戻って一年だけお金を稼ぐと言っていた。お金以外に彼女を励ますことができるものはなさそうだったので、キム・ジヨン氏は黙って聞くしかなかった。彼女は身長が百六十センチと少しあったが、大学に入ってから十二キロもやせ、やっと四十キロを超えるぐらいだという。大学に行くとやせられるなんてさ、とすごい冗談でも言うみたいに手をたたきながら笑っていた。グレーのジャンパーは袖口のゴムがすっかり伸びてしまい、その大きな穴みたいなところから飛び出した細い手首には、骨が目立った。

両親の家に住み、学資ローンも組まなくてすみ、一週間に四時間、母親が見つけてきた家庭教師のアルバイトをしているだけのキム・ジヨン氏の大学生活はかなり余裕のある方だった。成績はよくなかったが、専攻の勉強は面白かった。進路についてもまだ具体的なイメージはなく、就職に役立ちそうもない学会や、さまざまな校内のサークルにも幅広く顔を出していた。お金を入れればすぐに飲みものが出てくる自販機式の成果はなかったが、それらの活動がまったく無意味だったわけではない。それまで自分で何かを考える機会がなく、自分の意見といったものもなく、いつも無口で、自分は内気なんだと思っていたキム・ジヨン氏は、自分は意外に人間好きで、人と一緒にいることも人前に出ることも好きなんだと気づいた。そして、山登りサークルでは初めて彼氏ができた。

体育教育専攻の、同い年の男子学生だった。山歩きのたびに遅れてしまうキム・ジヨン氏を助けるために先輩たちが彼をサポーターにつけてくれて、一緒に行動しているうちに何となく親しくなったのだ。キム・ジヨン氏は彼のおかげで生まれて初めて野球やサッカーを観戦した。試合内容を全部理解することはできなかったが、現場の熱気のせいか、好きな人と一緒なせいか、観戦は楽しかった。スポーツに関してはまったく門外漢だったキム・ジヨン氏のために、彼は試合が始まる前に、主な選手や重要なルールを簡単に教えてくれて、試合中には二人とも試合にだけ集中した。キム・ジヨン氏は、どうして試合を見ているときにそのつど説明してはくれないのかと尋ねた。

「君も映画見るとき、僕にせりふの一言一言、場面の一つ一つまで説明しないだろ。試合中にずっと女の子に説明してる男って、何ていうか、偉ぶってるみたいでさ。スポーツを見に来たんだか、知ったかぶりするために来たんだかわかんないよな。ちょっと嫌なんだよね、そういうの」

　校内の映画サークルが主催する無料上映会にもよく行ったが、映画の選択は全面的にキム・ジヨン氏の担当だった。彼はホラー映画もメロドラマも、歴史ドラマも、SFも全部好きだった。映画を見ながらキム・ジヨン氏よりよく笑い、よく泣き、ジヨン氏が男性俳優をすてきだと言うとやきもちを焼き、また、ジヨン氏が気に入った映画を覚えていて、その映画のサウンドトラックをCDに焼いてくれたりした。

　デートはだいたい校内だった。図書館で一緒に勉強し、パソコンルームで一緒に宿題をやり、何をするでもなくグラウンドの階段に一緒に座っていたり、学生食堂で食事し、学生会館の中に新しくできたコンビニでおやつを買い、その隣のコーヒー専門店でコーヒーを飲む。たまに特別な日には、二人のお金を合わせて学生には敷居の高い高級な和食店やレストランに行くこともあった。彼はキム・ジヨン氏が子どものころに読んでいたマンガやベストセラー小説、人気だったドラマの内容などを話してあげるとおもしろがり、縄跳びでもいいからちょっとは運動しろよと忠告してくれた。

母は、店の向かいの新築のビルに、入院施設を備えた子ども病院が入るという情報をつかんだ。そして、もうフランチャイズにお金を注ぎ込むようなまねはしないと言う父を説得して、フランチャイズのおかゆ屋を開いたのだが、噂通りそのビルには、二階から八階までを占める子ども病院が入った。幸い、病院の食事がおいしくないせいか、おかゆをテイクアウトする親も多かったし、病院の行き帰りに食事をすませたいと考える家族もたくさんいた。それまでに周辺の大規模団地では入居が完了しており、若い親たちにとって外食は普通のことらしく、平日でも家族全員で来店することがよくあったのだ。小さい子のいる家庭ではメニューの選択肢も限られるが、おかゆならちょうどいいので、お得意さんになってくれた。収入は父の退職以前とは比較にならないほど伸びた。

そして何と母は、店の近くの大規模高層団地に四十二坪のマンションまで手に入れたのである。すでに融資を受けて支払いの半分は済ませていたが、おかゆ屋がうまくいったおかげで、無事にその融資を全額返済することができた。さらに、住んでいた家を売却してマンションの残りの支払いも済ませ、晴れて新築の広いマンションが自分のものになったのだ。そして、卒業後ソウルに帰ってきていたキム・ウニョン氏も一緒に、家族全員が新しいマンションに引っ越すこととなった。キム・ウニョン氏は地方で教師になると受けられる特典〔大学のある地域で教員採用試験を受けると加算点をくれる制度〕はあきらめ、ソウルで教員採用試験を受けて合格していた。

父が久々に昔の同僚たちと会った日のことだ。遅くまで酒を飲んで気分よく酔っ払って帰ってきた父は、リビングじゅうに高らかに響きわたるような声で三きょうだいの名前を呼び、その睡眠を破った。弟はイヤホンで音楽を聴いていたので父の帰りに気づかず、姉妹は眠っていたが、やっと三人が出ていってお帰りなさいと言うと、父は財布を取り出し、お金とカードを子どもたちの手に手当たり次第に握らせた。あくびをしながら部屋から出てきた母は、らしくないことやってるわね、子どもたちを起こしちゃったじゃないのと父をやりこめた。

「今日、みんなに会ってみたらな、俺んとこがいちばんうまくいってるんだよ。これなら俺の人生、成功だな！　苦労したけどな！　うまくいったよな！」

中国と貿易をやると言っていた同僚は退職金を丸ごと無駄にしてしまったし、まだ公務員を続けている同僚も、父のように退職後、個人事業を始めた同僚も、収入は似たり寄ったりだった。父の稼ぎがいちばん多く、自宅の面積もいちばん広かったという。その上娘の一人は学校の先生、もう一人はソウルの大学に通っており、最後に心強い息子まで控えているというわけでみんなに羨ましがられたとか。父がいっそう肩をそびやかして自画自賛すると、母が腕組みをして鼻で笑った。

「おかゆ屋も私がやろうって言ったんだし、このマンションだって私が買ったんだ。子どもらは自分たちでちゃんと考えてここまでになったんだし。あなたの人生、これなら成功ってのはその通りだけど、全部があなたの手柄じゃないんだから、私と子どもたちに感謝してよね。酒臭いから今日はリビングで寝てちょうだい」

「そうだとも、そうだとも！　半分は母さんのおかげだ！　これからも崇め奉りますよ、オ・ミスク女史！」

「半分とは呆れたわね。少なくとも七対三でしょ？　私が七、あなたが三」

母はまた長いあくびをして、枕と布団をリビングに投げてやり、父は一人息子と並んで寝ようとしたが、酒臭いからと息子にも拒否された。それでも父は気分よさそうに、風呂にも入らず、布団をぐるぐる巻いて、リビングの真ん中に倒れるようにして寝るとすぐにいびきをかきはじめた。


キム・ジヨン氏の彼氏は二年生を終えて軍隊に入隊した。キム・ジヨン氏は彼の両親に挨拶もしたし、訓練所に面会に行って泣いたりしていたが、何か月もしないうちに寂しさに耐えられなくなってきた。封筒がしまらないほど厚い手紙を書いて出したかと思えば、妙に腹が立って電話に出なかったりした。いつも穏やかで余裕のあった彼は、キム・ジヨン氏のちょっとした変化や無神経さにも敏感に反応した。きちきちに巻いたねじが急にゆるむと動きがめちゃくちゃになってしまい制御不能になるように、彼は自分でもどうしたらいいのかわからなくなってしま

ったらしい。彼は、人生で最も重要な時間を何もできないまま無駄にしていると
いう思いで憂鬱になり、不安になり、そして怒った。久しぶりの休暇で彼が軍から出てきても、お互い優しい気持ちになれるのは会った直後だけで、あとはずっとけんかである。

結局、キム・ジヨン氏の方から別れを切り出した。彼氏は意外にもあっさりとわかったと言って去っていったが、休暇のたびに夜になると酔っ払って何百回も電話してきたり、真夜中に「寝てる？」などとメールを送ってきたりする。夜中におかゆ屋のそばに来て、店の前に山のようにゲロを吐き、その横にうずくまって寝ていることもあった。近所では、おかゆ屋の次女が入隊した男を振って浮気したため、振られた軍人が脱走して嫌がらせをしにきたという噂が広まった。

キム・ジヨン氏はサークルに出るのもちょっと億劫になったが、ときどき寄っては女子の後輩の面倒を見ていた。男子の多いサークルだったので女子はうまくなじめず、何度か顔を出すとやめてしまうことが多い。キム・ジヨン氏が活動に専念できるようになったのも、女子の先輩であるチャ・スンヨン氏がめんどうを見てくれたおかげだったので、自分も良いお姉さんになりたかったのだ。

　男子学生は、サークルの花だの、紅一点だのと言って女子学生をおだてるのが常だった。いくら大丈夫だと断っても、女子には荷物も持たせなかったし、お昼のメニューも打ち上げの場所も、女子のいいように決めてくれと言う。合宿に行けば、女子の参加者が一人しかいなくても、広くて良い部屋を割り当ててくれた。そうしておいて一方では、やっぱりサークルってものは、度量が広くて力持ちで、よく息の合った俺たち男子学生のおかげで回っているんだよなあと、男どうしで勝手に盛り上がっていた。会長も男、副会長も男、総務もみんな男で、女子大学と合同行事をやることもあり、その上、男だけの卒業生の集まりが別にあるのだ。チャ・スンヨン氏はいつも、特別待遇なんかしなくていいから、女子にも同じように仕事をさせて同じように機会を与えてよ、お昼のメニュー選びなんかどうでもいいから会長にしてよと言っていた。男子の多くはちょっと笑ってそうだよねーと受け流すだけだったが、九年間、いちばん熱心にサークルに出ていた博士課程の先輩は、毎回同じ返事をした。

「何度も言ったじゃないか？　大変だから、女子にはできないよ。君たちはただサークルにいてくれるだけでいいんだよ。それが俺たちにとっては力になるんだから」

「私、先輩の力になりたくてサークル活動してるんじゃないんですけど？　元気が出ないんなら栄養剤でも召し上がるとか？　ほんとにもう、やってられないですよ、これじゃ。でも女子が会長になるまで、意地でも頑張ってみせますからね」

女子会長は、チャ・スンヨン氏が卒業するまでには誕生しなかった。その後、彼女とぴったり十学年差で女子の後輩が会長になったという知らせがあった。チャ・スンヨン氏はむしろ淡々と、「十年経てば山河も変わる、か」と言った。チャ・スンヨン氏ほどではなくとも根気よく活動していたキム・ジヨン氏がサークルに行くのをぷっつりやめてしまったのは、三年生の秋合宿以後のことだ。近くの自然休養林に宿を定め、みんなで軽い山歩きをしたあと、三々五々ゲームをしたり足バレーをしたり、酒を飲む人は飲んだりしていた。キム・ジヨン氏は風邪をひきかけていたのかぞくぞくするので、新入生たちがカードゲームをやっている暖かい部屋に行き、寝具の山の間で頭まで布団をかぶって寝ていた。オンドルのきいた床は暖かく、緊張していた体がほぐれていくと、後輩たちの笑い声と話し声が混じってわんわんと響き、夢の中でのようにもうろうと聞こえてくる。やがてふっと眠りこんだようだったが、そのとき不意に自分の名前が耳に入ってきた。

「キム・ジヨンは、もうあいつと完全に別れたみたいだな」

前からキム・ジヨンに関心があったんだろ——関心どころじゃないよ——じゃあ頑張れよ、俺たちが手助けしてやるから——といった何人かの声が聞こえてくる。初めは夢かと思ったが、すぐにハッと気がつき、声の主たちが誰かも見当がついた。さっき外で酒を飲んでいた、兵役を終えて戻ってきた復学生の先輩たちだ。キム・ジヨン氏はもう完全に目が覚めてしまったし、ちょっと暑かったが、みんなが自分の話をしているので布団をめくって出ていくこともできない。本意でもなく聞きづらい話を盗み聞きしていると、覚えのある声が言った。

「要らないよ。人が噛んで捨てたガムなんか」

お酒は好きだが人に無理強いはしないし、後輩におごるときもお金だけ出して自分は先に帰るような先輩だった。品行方正で身なりもきちんとしていて、キム・ジヨン氏もいつも好感を持っていた人だ。まさか、まさかと思って耳をすましてみたが、やっぱりあの先輩の声に間違いない。酔っているのかもしれない。照れているのかもしれない。または、友だちがよけいなお世話をするのではと思って、わざと乱暴な言い方をしたのかも。可能性はいろいろあったかもしれないが、だからといってキム・ジヨン氏のすさまじく傷ついた心は癒されなかった。ふだんの行動は常にまともで文句のつけようがないのに、しかも私に好意を持っていたとか言ってるのに、あんなひどい言い方をするなんて。私が、嚙んで捨てたガムだっていうの？

全身が汗だくになり、息が止まりそうだったが、布団をかぶってまるで罪人のように、ここにいるのがばれるのではとひやひやしているしかなかった。しばらくして先輩たちが出ていく音がして、周囲が静まってやっと、蒸し風呂のような布団から出て自分の部屋に行くことができた。

一晩じゅう眠れなかった。翌朝、宿の近くを散歩していると、例の先輩に出くわした。

「目が充血してるね。眠れなかったの？」

先輩はいつもと同じく優しく落ち着いて尋ねた。ガムは寝ないんですよと言いたかったけれど、キム・ジヨン氏は口をつぐんでしまった。

三年生の冬休みになると、キム・ジヨン氏も本格的に就職活動を始めた。それまでに一年生のときに落とした科目を再受講して単位を補い、TOEICの点数も順調に上げていたが、それだけでは不安だった。キム・ジヨン氏は広報やマーケティングに職種を絞り、インターンシップやいろいろなコンペの情報を集めていたが、志望とはあまり関連のない学科の専攻なので、就職課のサポートも受けづらい状況だった。

勉強というよりは人脈作りのつもりで、冬休みの間は文化センターに行き、広報やマーケティングに関する講座を受講した。幸いそこで気心の通じる何人かと出会い、勉強会のようなものを作った。三人でスタートしたが、メンバーが友だちを連れてきて、その人がまた友だちを連れてきて、そのうちに出ていく人もいたりして七人に落ち着いた。キム・ジヨン氏と同じ学校の経営学科の女子学生もいた。名前はユン・ヘジン。学年は同じだが、一年浪人しているのでキム・ジヨン氏より一歳上である。ユン・ヘジン氏の申し出で、敬語は使わず、名前も呼び捨てにする仲になった〔韓国では基本的に一歳でも年齢が上なら敬語を使わなくてはならない〕。

この勉強会のメンバーとは就活情報を共有し、履歴書やエントリーシートも一緒に書いた。企業モニターや、大学生サポーターズ活動〔大学生が企業の広報活動や行事進行などに参加する制度で、就活の際のスペックとして重視されている。学生が企画から参加する場合もある〕にも参加し、インターンシップにも応募し、キム・ジヨン氏とユン・ヘジン氏はチームを組んでさまざまなコンペにも挑戦し、小さな自治体や大学で何度か入賞もした。

本格的な願書提出や面接が始まるまで、キム・ジヨン氏はさほど心配していなかった。経営方針が自分と合っていて、やりたい仕事ができる会社なら、大企業じゃなくてもいいと思っていたからである。だがユン・ヘジン氏はかなり悲観的だった。彼女はキム・ジヨン氏より単位もいっぱい取っているし、TOEICの点数も高く、コンピュータ活用能力やワープロ技術など就職に必須の資格も持っていた。その上、はっきり言ってキム・ジヨン氏よりずっと企業受けのする経営学専攻なのに、大企業どころか、月給がまともに出るかどうか疑わしいような企業に入るのさえ難しいと言う。

「どうして？」

「だって私たちはSKY《スカイ》〔ソウル大学、高麗大学、延世大学の頭文字SKYをとって、一流大学という意味〕じゃないもん」

「でも就職説明会のときに来てた先輩たち、見たでしょ。うちの学校からでも、いい会社にいっぱい行ってるよ」

「それ、みんな男じゃない。あんた、女の先輩を何人見た？」

ハッとした。目がもう一つ、バッと開いたような気分だった。言われてみればほんとにそうだ。四年生になってから、それなりの就職説明会や先輩の話を聞く会などには欠かさず出席してきたが、少なくともキム・ジヨン氏が行った行事に女性の先輩はいなかった。キム・ジヨン氏が卒業した二〇〇五年、ある就職情報サイトで百あまりの企業を対象に調査をした結果、女性採用比率は二九・六パーセントだった（原注9）。たったそれだけの数値で、女性が追い風だと報道していたのである。同じ年、大企業五十社の人事担当者に行ったアンケートでは、「同じ条件なら男性の志願者を選ぶ」と答えた人が四四パーセントであり、残り五六パーセントは「男女を問わない」と答えたが、「女性を選ぶ」と答えた人は一人もいなかった（原注10）。

ユン・ヘジン氏の話では、経営学科の場合、学科や教授を通して非公式の採用の話がときたまあるのだが、推薦されるのはみんな男子なんだそうだ。何しろ秘密裡に進行することなので、誰が、どんな企業に、どんな理由で選抜されたのか正確にはわからないし、学校が男子学生を推薦したのか、企業が男子学生を希望したのかもはっきりしないという。そして彼女は何年か前に卒業したある女性の先輩の話をしてくれた。

その先輩はずっと学部の首席で、外国語の成績も良く、受賞歴、インターンシップの経歴、資格、サークル活動やボランティアまで、スペックはもれなくそろっていたそうだ。彼女には絶対に入りたい企業があったのだが、その企業の学科推薦枠に男子学生四人が推薦されて面接を受けたことを後で知った。面接で落ちた学生が愚痴を言ったことからわかったのだ。先輩は指導教授に、推薦基準を教えてほしい、納得できる理由がない場合は公に問題にすると強く抗議し、何人かの教授を経由して学科長とも面談したという。その過程で教授たちは、企業が男子学生を欲しそうな様子だったからとか、それは軍隊に行ってきたことへの補償なんだとか、男子学生はこれから一つの家庭の家長になるんだからとか、先輩としては理解に苦しむ説明を持ち出したが、中でもいちばん絶望的だったのは学科長の答えだった。

「女があんまり賢いと会社でも持て余すんだよ。今だってそうですよ。あなたがどれだけ、私たちを困らせてるか」

どうしろって言うの？　能力が劣っていてもだめ、優れていてもだめと言われる。その中間だったら中途半端でだめって言うんでしょ？　ここで争っても無意味だと思った先輩は抗議をやめ、年末に行われた公開採用に応募して合格した。

「うわー、かっこいいね。で、今も会社で頑張ってるの？」

「ううん、六か月ぐらいで辞めたって」

ある日、改めてオフィスを見回してみたら、部長クラス以上には女性がほとんどいなかったんだって。それと、社内食堂でお昼を食べてたら妊婦さんがいたので、この会社は育児休暇は何年ですかって聞いたら、同じテーブルにいた課長も五人の社員も全員、そんな人見たことないからわからないって答えたんだって。

──ここでは十年後の自分が想像できないと思った先輩が悩んだ末に辞表を出すと、これだから女はだめなんだという皮肉が返ってきたそうだ。先輩は、女性社員への対応があんまりだからですよと答えたという。

出産した女性勤労者の育児休暇取得率は、二〇〇三年に二〇パーセント、二〇〇九年には半分を超えたものの、依然として十人中四人は育児休暇なしで働いている(原注11)。もちろんそれ以前に、結婚、妊娠、出産の過程で辞めてしまったため、育児休暇の統計サンプルに入っていない女性も多い。また、二〇〇六年に一〇・二二パーセントだった女性管理職の比率は、粘り強く、しかしわずかずつ増加して二〇一四年には一八・三七パーセントになった(原注12)。だが、まだ十人中二人にもならない。

「それで、その先輩は今、何してるの?」

「去年、司法試験にパスしたよ。何年かぶりで合格者が出たって大学が大騒ぎしてたじゃん。垂れ幕まで出してさ。見た?」

「ああ、あれね。憶えてる。あのときもすごいと思ったよ」

「うちの大学も笑えるよね? 賢すぎると持て余すとか言ってたくせに、学校の援助を受けずに合格したら自慢して、同窓生の誇りだなんて」

キム・ジヨン氏はすっかり霧に閉ざされた狭い路地に立っているような気分だった。企業が下半期の公開採用〔韓国では上半期三~四月、下半期九~十月の二回採用活動を行う企業が多い〕を始めると、霧は雨に変わり、素肌めがけて降り注いできた。

キム・ジヨン氏はもともと食品メーカーに入りたかったのだが、ある程度の規模の企業なら分野を問わずに願書を提出した。そして願書を出した四十三社のうち、ただの一社も書類選考を通過できなかった。その後、規模は多少小さくてもしっかりした、底力のありそうな会社十八社に願書を出したが、またもやすべて書類選考で落ちた。ユン・ヘジン氏はときどき適性検査や面接まで進むこともあったが、最終合格はできなかった。それからは二人とも、募集さえしていればどこにでも願書を出した。そしてキム・ジヨン氏は誤って、ある会社のエントリーシートに他社の社名を書いて出してしまったのだが、そこで初めて書類選考を通過した。

面接に来いという連絡が来て初めて、キム・ジヨン氏はその会社について調べた。おもちゃや学用品、生活雑貨などを作る会社である。最近、芸能界とタイアップして、芸能人をキャラクターにした商品を売り出して高成長したのだった。何ということもない人形、日記帳、マグカップなどが高価で売られている。一言でいえば、子どもの財布目当ての商売をする会社ということか。キム・ジヨン氏はちょっと複雑な心境だった。そのため初めはあまり気乗りがしなかったのだが、面接の日が近づくにつれて会社への好感が湧いてきて、それはやがて切実な思いに変わった。

面接の前日は夜遅くまで姉と想定問答で予行練習をした。夜中の一時を回ってから、保湿クリームをたっぷり塗って横になったが、眠れない。べったり塗ったクリームが布団につきそうで、思うように寝返りも打てないので、まっすぐにこわばったまま寝て体はがちがち、目はぱっちり、夜明け近くにちらっと眠っただけだ。その短い睡眠の中で落ちのない夢をいっぱい見たので朝から疲れきっており、化粧がよく乗らない。結局、面接会場に行くバスでうとうとして乗り過ごしてしまった。時間には間に合いそうだったが、大仕事を前に焦って迷いたくなかったので、すぐにタクシーを拾った。髪をぴったり分けて櫛を入れたおじいさんの運転手は、ルームミラーでキム・ジヨン氏をちらっと見ると、面接に行くんですね、と言った。キム・ジヨン氏は短く、はいと答えた。

「ふだんは最初の客に女は乗せないんだけどね、ぱっと見て面接だなと思ったから、乗せてやったんだよ」

乗せてやった、ですって？　キム・ジヨン氏は一瞬、ただで乗せてくれるという意味かと思い、それからやっと真意に気づいた。営業中の空きのタクシーにお金を出して乗っただけで、感謝しろっていうのか。何て恩着せがましく、平然と失礼なこと言ってのけるんだろう。抗議するにも、どこからどこまでに抗議すべきか見当もつかない。へたに言い争いもしたくなかったので、キム・ジヨン氏は目をつぶってやりすごした。

面接会場には三人ずつ入った。一緒に受けた他の二人も同年代の女性である。三人が三人ともお約束のように、髪型は耳が隠れるぐらいのショートボブ、ピンク系統の口紅、チャコールグレーのスーツだ。面接官たちは履歴書とエントリーシートを見ながら、学生生活や目立った経歴について追加の質問をし、次に会社について、業界展望やマーケティングの方向性について意見を求めた。想定内の質問だったので三人とも無難に答えていった。最後に、いちばん端に座って黙ってうなずいてばかりいた中年の男性役員が質問した。

「皆さんが取引先とのミーティングに行ったとします。そうしたら取引先の目上の方が、まあ、その、やたらと身体的接触をしようとする……肩を揉んだり、太ももにそっと触ったり、ね？ そういうの、わかりますよね？ そんなときどうしますか？ キム・ジヨンさんから」

キム・ジヨン氏は、あんまりおたおたしたところを見せてもまずいし、真っ正面から答えすぎても高得点をもらえないような気がして、その中間をとった。

「トイレに行ってくるとか、資料を取りに行くとかして自然に席を離れます」

二番めの受験者は、それは明らかなセクハラですからただちに注意し、それでもやめない場合は法的措置をとりますと断固たる調子で答えた。質問した役員は眉毛を一度上げて下げると書類に何か書き込み、キム・ジヨン氏の方がぎくっとした。そして、模範解答をひねり出す時間がいちばんたっぷりあったはずの最後の受験者は、こう答えた。

「私の服装や態度に問題がなかったかどうかを振り返り、先方の不適切な行動を誘発する部分があれば、直します」

二番めの受験者が呆れ顔をして、ハ！ と大きくため息をついた。そんなことまでしなくちゃいけないのかとキム・ジヨン氏も苦々しく思ったが、一方ではああいうのが高得点を取るのかもしれないという気もしてちょっと後悔し、そんな自分が情けなかった。

何日かしてキム・ジヨン氏は、面接を通過できませんでしたというメールを受け取った。もしかして、最後の質問のせいだろうか。悔しいし、気になるしでどうにもおさまらず、人事課に電話をして聞いてみた。担当者は、一つの回答が当落を左右することはなく、面接官との相性の問題で、まあ、うちとはご縁がなかったってことですねと、マニュアル通りだが少しは慰めになりそうな回答をよこした。慰められたところでキム・ジヨン氏は、ほかの二人は合格したのかどうかも聞いてみた。他意はなく、今後の面接対策に参考にしたいだけなんですと言うと、担当者はちょっとためらっているようである。

「私、ほんとにせっぱつまってるんです」

そう言うと担当者は、二人とも合格者名簿には名前がありませんと答えた。そうか……キム・ジヨン氏は何だかスーッと意気消沈してしまった。どうせ落ちるなら、言いたいことを全部言って出てくればよかったなあ。

「そんな下司野郎は、手、折っちゃえばいいんだよ！　それにあんたもおかしいよ！　面接でそんな質問するのだってセクハラなんだよ！　男の志望者にそんなこと聞かないじゃん？」

一人で鏡に向かって大声を上げ、言いたいことをありったけぶちまけたが、すっきりはしない。寝ていても悔しくて熱が出そうになり、布団を何度も蹴飛ばした。

それ以後も何度となく面接を受け、ときに外見のことを言われたり、服装について下品な冗談を言われたりし、体の特定の部位へのいやらしい視線や不要な身体接触なども経験した。そして就職は決まらなかった。どうにかして卒業を引き延ばそうか、今からでも休学しようか、語学留学に行こうか、ありとあらゆることを考えたが、そんなこんなでまごまごしているうちに秋学期は終わり、ほんとうに残るは卒業だけになってしまった。

キム・ウニョン氏も母も焦るなと言ってくれたが、焦らずにいられるものか。ユン・ヘジン氏は公務員試験対策を始め、キム・ジヨン氏を誘ってくれたが、簡単には判断がつかなかった。まずは公務員試験の出題形式が自分に合っていないということがあったし、ここへきてまた時間を投資したあげく落第し続けたら、年はとる、キャリアはなしで、もう処置なしなのだから。キム・ジヨン氏はちょっと希望を落とし、またちょっと落とし、という具合で願書を出し続け、そんな絶望的状況のまっただ中で彼氏ができた。姉にだけ打ち明けると、彼女はしばらくキム・ジヨン氏をまじまじと見て、頭を振り振りこう言った。

「あんたって、この状況でその気になれるんだ？　感情が動くんだ？　大したもんだわ」

キム・ジヨン氏は、だよねー、と答えて笑って流してしまった。うまくいっていたカップルも別れるという就活中に、新たに人を好きになったのは事実で、他に答えようがなかったのである。窓の外では初冬の雪が舞い散り、ずっと前に読んだある詩が思い出された。貧しいからとて孤独を知らぬ者があるだろうか　君と別れてたどる雪道に月光が青く降り注ぐ……〔有名詩人シン・ギョンニムの詩「貧しい愛の歌」の冒頭〕。

新しい彼は、ユン・ヘジン氏の幼なじみだった。キム・ジヨン氏より年は一歳上だが、軍隊生活を終えて復学したのでまだ学生だ。キム・ジヨン氏の立場と気持ちを誰よりもよく理解し、共感してくれる人だった。うまくいくよといいかげんな楽観でなだめたり、就職がちょっと遅れてもどうってことないよと無責任に慰めたり、スペックを上げろよとありがちな激励をしたりもしない。就活の経過を黙って見守ってくれて、できることがあれば手伝ってくれて、悪い結果が出るとお酒をおごってくれた。

卒業式を二日後に控えた日のことだ。久しぶりに一家全員がそろって朝ごはんを食べていた。次女の卒業式の日は一日臨時休業にするか、夜だけ店を開けるかで悩んでいる父に向かってキム・ジヨン氏は、自分は式に出ないと言った。父は娘が立ち直れなくなりそうなほど叱り飛ばしたが、キム・ジヨン氏は全然傷つかなかった。そのとき、「不合格」以外のどんな言葉もキム・ジヨン氏に刺激を与えることはできなかったのである。こんなに怒っても娘が無反応なのを見ると、父は一言つけ加えた。

「おまえはこのままおとなしくうちにいて、嫁にでも行け」

ところが、さっきあんなにひどいことを言われても何ともなかったのに、キム・ジヨン氏はこの一言で急に耐えられなくなってしまった。ごはんがまるで喉を通らない。スプーンを縦に握りしめてわなわなしながら呼吸を整えていると突然、がん、と固い石が割れるような音がした。母だった。母は顔を真っ赤にして、スプーンを食卓にたたきつけた。

「いったい今が何時代だと思って、そんな腐りきったこと言ってんの？　ジヨンはおとなしく、するな！　元気出せ！　騒げ！　出歩け！　わかった？」

母があまりにも興奮しているので、キム・ジヨン氏はとりあえず激しくうなずき、心の底からの同意を表すことで母をなだめた。父はうろたえたのか急にしゃっくりをしはじめたが、そういえば父がしゃっくりをするのを見たのはこのときだけだ。いつだったか冬の夜、家族全員でキムチも添えず、さつまいもだけを食べていたら、みんな順ぐりにしゃっくりをしたのに父だけがしないので大笑いになったことがある。人魚姫は声と引き換えに足をもらったが、男性が年をとるとしゃっくりをしなくなり、古臭いことを言うようになるんだろうか。キム・ジヨン氏はちらりと魔法について考えてみた。母の烈火のごとき怒りのおかげで父はむだ口をたたけなくなり、代わりにしゃっくりを取り戻したというわけか……。

その日の夕方、キム・ジヨン氏は面接を受けたある広告代理店から最終合格通知を受け取った。表面張力の限界まで盛り上がったコップの水のように、ジヨン氏の不安と劣等感と無気力さは限界に達していたので、電話のむこうから「合格」という言葉を聞いた瞬間、両目から涙が際限なくあふれ出た。合格の知らせをいちばん喜んだのは、彼氏だった。

キム・ジヨン氏と両親は心も軽く学校にやってきた。彼氏もだ。つまりこの日初めて両親に彼を引き合わせるのである。卒業式会場には入らなかったので別にやることもなく、四人は一緒に校庭を眺め、写真を撮り、校内のカフェで休み、コーヒーを飲んだ。どこへ行っても混みあってやかましく、カフェも喧騒そのもの。彼氏は大声でそれぞれ違う種類のコーヒーをオーダーし、四人の席に運んできて、母のラテの横にはきちんと四角く折ったナプキンを添えた。父がいかめしい表情で専攻や住所や家族関係について尋ねると、彼はまじめに礼儀正しく答えていたが、キム・ジヨン氏はやたらと笑いがこみあげてくるのでうつむいて唇を嚙んでいた。

もう話も尽き、四人の間にしばし静寂が流れた。飯でも食べに行くかと言い出した父に向かって、母が小声で何かささやいて目で合図をする。父は空咳をして財布からクレジットカードを出してキム・ジヨン氏に差し出し、母の顔色を見ながら、そろそろ店を開けなきゃいかんようだから、二人でごはんでも食べなさいと言った。父がつっかえつっかえ言い終わると、母が彼の手をぱっとつかんで、言った。

「今日は会えてとっても嬉しかったわ、残念だけど二人でおいしいものでも食べて映画でも見て楽しいデートをしてね、またこんどうちの店に来てね」

母は父の腕をひっつかんで腕を組むと先に校庭を出ていった。彼は頭が地面につくほど腰をかがめ、両親の後ろ姿に向かって何度もおじぎをした。キム・ジヨン氏はそこでようやく吹き出した。

「うちのお母さん、かわいいでしょ。あなたが気まずいだろうと思って、わざと席をはずしてくれたんだよ」

「うん、そうみたいだね。ところで、君んとこの店でいちばんおいしいのは何なの？」

「どれでも、お母さんが作ったものよりはおいしいよ。お母さんは料理は上手じゃないもん。でも私たち、外で食べたり、出前をとったり、買ってきたもの食べたりしてもちゃんと元気に育ったわ」

学校の近くは混んでいたので、二人は地下鉄で光化門《クァンファムン》に行った。母に言われた通りおいしいものを食べ、映画も見て、書店に寄って本も一冊ずつ買った。彼は、本代までお父さんのカードで決済するのは申し訳ないとためらっていたが、本を買えば無条件に喜んでくれるんだからとキム・ジヨン氏が盛んに勧めたので、それまで高くて買えなかった本を選んだ。二人が百科事典のように分厚い本を一冊ずつ抱えてにこにこしながら階段を上り、ビルの外に出ると、雪が降っていた。

真っ暗な空から公平な贈り物のように、規則正しくちらちらと雪は降ってくる。ときおり風が吹くと雪片たちは四方に散らばっていく。彼氏は、降ってくる雪のひとひらをつかまえると願いがかなうんだってと言い、腕を広げたが、雪は毎回、惜しくも手のひらをそれて落ちてしまう。何度か試みた末に、はっきりと六角形が見えている大きな雪片が彼の親指の先にそっと止まった。キム・ジヨン氏は、何を願ったのかと尋ねてみた。

「君が元気で会社に通えますように。辛いことや悔しいことができるだけ少なくて、できるだけ疲れないですみますように。社会人生活がうまくいき、無事にお給料がもらえて、僕においしいものをおごってくれますように」

キム・ジヨン氏は心の中にふわふわの雪が積もっていくような気がした。満足しているのに空腹で、あったかいのに肌寒いような感じ。彼が言ってくれたように、できるだけ辛いこと、悔しいこと、疲れることがないといいな。お母さんに言われた通り、元気出して前向きに頑張らなくちゃ。そう思った。

IDカードを首にかけてお昼を食べに行く。みんなは、わざわざはずすのも面倒だという理由だけでそうしているのだろうが、キム・ジヨン氏がIDカードを首からぶらぶらさせるのは、やりたくてわざわざやっていることなのだ。オフィスビルの多い繁華街のお昼どきには、会社のネームが入ったストラップで透明ケース入りのIDカードを吊るして歩く人たちと何人もすれ違う。キム・ジヨン氏は以前、それがほんとにうらやましかった。首にIDカードをかけ、片手にお財布とケータイを一緒に持ち、群れをなして街を歩き、今日は何食べようか、と言ってみたかった。

社員五十人ぐらいの、広告業界としてはそれなりの規模の会社だった。管理職になるほど男性の比率が高くなるが、とはいえ女性社員の方が多く、社員は適当に個人的で適当に合理的で、オフィスの雰囲気は良かった。だが、仕事量は多かった。手当のつかない残業や土日の業務も多い。新入社員はキム・ジヨン氏を入れて四人。女性二人に男性二人である。休学もしていない新卒のキム・ジヨン氏はいちばん年下で〔韓国では資格取得、語学研修、留学などのスキルアップで卒業が延びる人が多く、また男子は兵役があるので大学卒業時の年齢がまちまちである〕、社内では文字通り末っ子だった。

キム・ジヨン氏は毎朝、課の全員の好みに合わせたコーヒーをいれてめいめいのデスクに置いた。食堂に行けば、それぞれの席にナプキンを敷いてお箸とスプーンをセッティングした。出前を取るときには手帳を持ってみんなの席を回り、オーダーを整理して電話注文し、食べ終わったら真っ先にみんなの器を片づけた。課の末っ子の仕事は、毎朝新聞記事を検索してクライアントと関係のある内容をスクラップし、簡単なコメントをつけて報告書を作ることだった。ある日報告書に目を通した課長が、キム・ジヨン氏を会議室に呼んだ。

キム・ウンシル課長は、四人いる課長の中で唯一の女性だった。小学生の娘が一人おり、実のお母さんと一緒に住んでいるので子育てと家事は完全に母親に任せ、本人は仕事だけしているという。それをかっこいいと言う人もいれば、ひどいなあと言う人もおり、そしてまたある人はいきなり旦那さんをほめるのだった。夫が妻の実家で暮らすのは女が嫁に行くよりずっと大変だとか、最近は婿と義母の関係が社会問題化しているのにとか、義母を立てて暮らしているところを見ると、会ったことはないけどキム・ウンシル課長の旦那さんは良い人なんだろうとか。キム・ジヨン氏は、十七年間姑に仕えて暮らした母のことを思い出した。おばあちゃんは、お母さんが美容の仕事で外出している間しばらく弟の面倒をみてくれただけで、三きょうだいにごはんを食べさせ、お風呂に入れ、寝かせるための労働はまったくやらなかった。そのほかの家事もほとんどしなかった。お母さんが作ったごはんを食べ、お母さんが洗った服を着て、お母さんが掃除した部屋で寝ていた。でも、誰もお母さんを良い人だなんて言わなかった……。

課長は報告書のファイルを返して、ほめてくれた。今まで見てきて、あなたは記事を選ぶ視点も良いしコメントも適切だ、これからも今まで通り頑張って、というのである。初の職場の初の業務で、初めて認められた。キム・ジヨン氏はこの一言が、今後、社会人生活を送る中で困難に出会うたびにどんなに大きな助けになるか予感した。嬉しいし、誇らしい。嬉しそうな様子が表に出ないように気をつけてありがとうございますと答えると、課長は微笑を浮かべて言った。

「それと、これからは私にコーヒーを入れてくれなくていいですよ。食堂でお箸を並べるのや、私が食べた後の器を片づけるのもね」

「よけいなことだったでしょうか。すみません」

「そうじゃなくて、それはキム・ジヨンさんの仕事じゃないからよ。これは新人が入るたびに感じてきたことなんだけど、今までもずっと、誰も頼んでないのに細かい面倒な仕事は全部いちばん年下の女性がやってきたんだよね、男性はやらないのに。いくら年下の新入社員でも、やれといわれていない以上やらなくていいの。どうして女性社員が自分から進んでやるようになるのかなあ」

課長は、社員が三人だったころから働いてきたという。会社が大きくなって、社員が会社とともに成長していく姿を見届けながら、自信も自負心も培ってきた。草創期に一緒に働いた男の同僚は今、自分と同じく課長になったり、大きな会社の広報部に転職したり、独立して会社を立ち上げたりして、とにかくずっと働いているが、女の同僚は残っていないそうだ。

キム・ウンシル課長は、女はだめだなと言われないように、会食の席でも最後まで残り、残業や出張も自分から買って出て、出産後も一か月で復帰した。初めはそれが誇りだったが、女性の同僚や後輩が会社を辞めるたびに心中複雑で、最近では申し訳ないと思っているそうだ。会食のほとんどは実は不要なものだったし、たびたびの残業や土日出勤、出張は人員不足の問題である。出産と育児による休暇や休業も当然の権利なのに取得しなかったので、後輩の権利まで奪ってしまうことになった。管理職になったときにはまず、不要な食事会やレクリエーション、ワークショップなどの行事をなくし、男女を問わず出産休暇と育児休暇を保障した。後輩が会社創立以来初の育児休業を終えて一年後に復帰したとき、そのデスクにお祝いの花束を置きながら覚えた感動は、忘れられないという。

「それは、どなたなんですか？」

「何か月か前に辞めちゃってね」

残業や土日出勤の件までは、課長にもどうすることもできなかったのだ。月給のほとんどをベビーシッター代につぎこみ、いつもいっぱいいっぱいで、あの人この人に子どもを預け、夫とメールや電話でけんかし、あげくのはてに週末には子どもをおんぶして出社していた後輩は結局、会社を辞めた。ごめんなさいと謝る後輩に、課長はかける言葉がなかった。

キム・ジヨン氏が初めて公式に業務を任された。環境にやさしい寝具の会社が家庭用寝具の汚れに関する調査を実施したのだが、その結果を報道資料にまとめる仕事だった。キム・ジヨン氏はこの任務を心の底からちゃんとやりたくて、二枚の報告書のために何日も徹夜した。課長には、よくできていると言われた。よくできているけれど、これは記事みたい。私たちが書くべきものは記事ではなくて、記事を書きたくなる資料なんだよ、書き直し。キム・ジヨン氏はその日また徹夜し、課長はほんとによく書けたと言ってくれた。その報告書は大きな修正もなくそのままリリースされ、日刊紙や主要な婦人雑誌はもちろん、地上波チャンネルのテレビでもニュースとして紹介された。キム・ジヨン氏はもう毎朝のコーヒー出しもせず、食堂でもお箸やスプーンをセッティングしなかった。誰も何も言わなかった。

仕事も面白く、同僚たちともうまくいっていた。だが、嫌だったのは記者やクライアントの接待である。後に、入社から時が経ってキャリアも積み、業務に十分に慣れてからも、彼らとの距離が埋まることはなかった。広告代理店という立場から見ると彼らは常に優位に立っており、多くは年長の職階も高い男性で、何よりまずユーモアセンスが違う。面白くもないジョークをひっきりなしに連発するが、どのタイミングで笑ったらいいのか、何と合いの手を入れたらいいのかまるでわからない。笑ったら笑ったで自分が集中的にからかわれるし、かといって笑わなければ、気に入らないことでもあるのかと質問攻めにあうのだし。

あるクライアントと一緒にお昼を食べに韓国料理の食堂に行ったときのことだ。キム・ジヨン氏がカンテンジャン〔野菜や魚介、肉の味噌炒めとごはんを葉野菜に包んで食べる料理〕を注文すると、先方の社長がそれを見てこう言った。

「若い人に味噌の味がわかるのかね？　ミス・キムも味噌女なのか？　ハハハハハ」

「味噌女」〔家族や恋人に経済的に依存して、ブランド物を買ったり、高いスターバックスのコーヒーを飲んだりする見栄っ張りの女を貶めて言う二〇〇五年ごろの流行語。ちなみに韓国ではスターバックスなどコーヒーチェーン店の価格が日本よりずっと高い〕という新語が生まれ、ほかにも韓国女性を見下す「〇〇女」といった言葉が流行しているころだった。笑えといわれているのか、ばかにされてるのか、「味噌女」という言葉の意味を知ってて言ってるのか、全然わからない。社長が笑うから社員も一緒に笑い、顧客が笑うからキム・ジヨン氏も先輩たちもまじめにとりあうわけにいかず、ぎこちなく笑って話題を変えた。いつもそうだった。

あるとき、とある中堅企業の広報部と会食をすることになった。その会社が創立記念行事を行うにあたり、キム・ウンシル課長とキム・ジヨン氏が企画、進行、報道資料の配布まで全プロセスを担当したのだが、うまくまとめてくれたと感謝され、会食に招かれたのである。指定の焼肉屋に向かうタクシーの中で、課長は、ホント行きたくないとはっきり、力をこめて言った。

「感謝したいんだったら、お金でもプレゼントでもくれればいいじゃない。そんなところに呼ばれたって私たちが楽しめないの知ってるくせに。お礼に食事しよう、飲もうってのが多すぎるよね。最後の最後にまたいじめてやろうって思ってるんじゃないの？　あー、もう、ホント行きたくないけど、今日だけ我慢しよう」

先方のメンバーは五十代の男性部長、四十代の男性次長、三十代の男性課長、二十代の女性社員三人の六人で、キム・ジヨン氏の会社からはキム・ウンシル課長とキム・ジヨン氏、進行を手伝ってくれた男性の同期の三人だ。広報部長は先に飲みはじめていたのでもう顔が赤く、キム・ジヨン氏を見るとやけに大喜びしている。隣にいた課長がビールグラスとお箸を持って立ち上がり、部長の横に座るようにと目配せし、部長は「やっぱりハン課長は気がきくな」と高笑いする。キム・ジヨン氏はすべてに面食らい、すべてが恥ずかしく、死んでもその席に座りたくなかったのだが、みんなと一緒に座りますと何度も意思表示したのに引っ張っていかれてしまった。同期の男性はやきもきしながら見ているだけだし、キム・ウンシル課長はトイレに行っていて、戻ってきたのは状況が落ち着いてからである。結局は部長の隣に座らせられ、注がれるまま、強く勧められるままにビールを立て続けに空けなければならなかった。

三か月前に商品開発部から広報部に移ってきたという部長は、経験を踏まえたアドバイスを止めなかった。キム・ジヨン氏は顔の形もきれいだし鼻筋も通っているから二重まぶたの手術さえすればいいなどと、ほめているのかけなしているのかわからない外見の話が延々と続く。恋人はいるのかと聞いたかと思えば、ゴールキーパーがいてこそゴールを決める甲斐があるとか、一度もやったことのない女はいるが一度しかやったことのない女はいないとか、笑えもしない十八禁のジョークを連発する。そして何より、ずっと酒を強要する。もう結構です、帰り道が危いですから、飲めませんからと言っても、ここにこんなに男どもがいるのに何を心配するんだと聞き返されるだけだ。あんたらがいちばん心配なんだよと言いたいのを飲み込みながら、ジヨン氏は相手の目を気にして空いたグラスや冷麺の器に酒を空けた。

夜の十二時を少し過ぎたとき、部長はキム・ジヨン氏のグラスにビールをいっぱいに注ぐとよろよろ立ち上がった。そして店じゅうに響きわたるような大声で運転代行の運転手に電話をすると、一行に向かって言った。

「うちの娘がこのすぐそばの大学に通っててなー。今、図書館で勉強してて、帰り道が怖いから迎えに来いって言うんだ。すまないが先に行くけど、キム・ジヨン氏はこれを全部飲むんだぞー！」

キム・ジヨン氏は、やっとのことでつかまっていた綱のようなものがプツンと切れるのを感じた。あなたのその大事なお嬢さんも、何年か後には私みたいになるかもしれないんだよ、あなたがずっと私にこんなことするならね。そう思うと急に酔いが回ってしまい、彼氏に迎えに来てくれとメールを送ったが、返事はなかった。

部長が帰った後は座のムードも白け、私的な話をする者もいれば、タバコを吸いはじめる者もあり、広報部の女性社員一人はいつ帰ったのかもういない。何人かが二次会に行きたそうな雰囲気を醸し出していたが、キム・ウンシル課長が、自分も自分の部下も二次会には行きませんと釘をさしてくれたので、無事に抜け出すことができた。課長はお母さんが病気なのですぐに帰らなくちゃと言ってタクシーに乗っていき、キム・ジヨン氏と男性の同期はコンビニの前のパラソルの下に座って缶コーヒーを飲んだ。冷たいコーヒーが酔い醒ましになるかもと思ってジヨン氏が言い出したのだが、嫌な宴会が終わって緊張がほぐれたせいか、酔いが醒めるかわりに眠くなってしまった。ジヨン氏はカップラーメンの汁がはねたテーブルにぺったりと突っ伏してしまい、同期がどんなに乱暴に起こしても蹴っても気づかない。

よりによってそのとき、彼氏から電話がかかってきた。キム・ジヨン氏はぐっすり眠っており、同期は迎えに来てくれと言うつもりで代わりに電話に出た。それが失敗だった。

「あ、どうも、僕、ジヨンの会社の同期なんですが」

——ジヨンは？

「はい、ジヨンが今、ちょっと寝てて、それで僕が電話に」

——寝てる？　何だって？　あんた誰？

「違います！　違います！　そんなんじゃなくて！　何か誤解なさってるようですけど、ジヨンがお酒を……」

——今すぐジヨンに代われ！

キム・ジヨン氏は彼に背負われて無事に家に帰った。だが、二人の関係は無事ではすまなかった。

幸い会社には良い人が多かったので、キム・ジヨン氏は覚悟していたより苦労しなかったし、悔しいことも疲れることも思ったより少なく、それなりにうまく社会人生活を送っていた。彼氏にはおいしいものもたくさんおごってあげたし、かばんや服、財布も買ってあげたし、ときどきタクシー代もあげた。その代わり、彼の方は待たされる機会が増えた。キム・ジヨン氏の仕事が終わるのを待ち、休日を待ち、休暇を待った。末端社員のキム・ジヨン氏は、そのうちのどれも自分では決定できない。だから彼は日程が確定するまで待たなくてはならない。彼は電話やメッセージも待たされた。キム・ジヨン氏が会社に入ってから、電話で話す時間もメッセージの数もすっかり減っている。彼は、通勤時の地下鉄の中やトイレに行ったとき、ランチタイムの後などにささっとできないのか、メッセージ一本送る時間もないのかと問い詰めるのだが、キム・ジヨン氏は時間がないのではなく、心に余裕がないのだ。周囲の社会人と学生のカップルの多くも似たようなものだった。女性が就職したケースでも、男性が就職したケースでも同じだ。

ただでさえキム・ジヨン氏は、最終学年を迎えて就職活動を始めた彼の力になってあげることができなくて、すまないと思っていたのである。自分が同じ立場だったとき、彼がどんなに大きな力になってくれたかはありありと覚えている。あのころのことを思い出すとまだ、切なさで指先がかじかんでくるような気がする。だが、キム・ジヨン氏の日常も戦争のようなもので、緊張をゆるめたらすぐに血まみれになりそうな瞬間の連続だったから、誰かをいたわる余裕はなかった。

冷蔵庫の上や浴室の棚の上に埃が溜まっているとはっきり目でわかっているのに、放ったらかしておくしかない。そんな小さな寂しさが埃のように二人の間に積もっていった。こうして距離ができていたところへ、その夜のことがあって二人は大げんかをした。

それまでキム・ジヨン氏が泥酔するまで飲んだことはないことも、宴会で仕方なく飲んだのだということも、代わりに電話を取った同期の男性とは何もなかったことも、彼はわかっていた。よくわかっていたけれど、実はそんなことは関係なかったのだ。すでに感情は乾ききってしまい、そんな感情の埃の上に火種が落ちたら打つ手はない。いちばん若く、いちばん美しかった時期は、こうして空しく燃え尽き、灰になってしまった。

以後、キム・ジヨン氏は三、四回ソゲッティング〔知人の紹介《ソゲ》によって異性に会うこと〕をし、その中で何度か会って食事をした男性もいた。ソゲッティングの相手はみんなキム・ジヨン氏よりかなり年長で、職階が高く、多分年俸も高かっただろう。彼らは以前のキム・ジヨン氏がやっていたように食事をおごってくれ、映画や演劇、コンサートのチケットを買ってくれ、大きいのや小さいのやさまざまなプレゼントをくれた。だが、誰ともそれ以上親密になることはなかった。

会社が新たに企画チームを立ち上げることになった。それまでは営業部が顧客を確保し、顧客の依頼による仕事を主としてきたが、逆に広告代理店がプロジェクトを企画し、協力企業を募るというのだ。もちろん一回性のイベントではなく、長期的な事業として進める計画である。代理店というものはいつも立場が下で、業務のほとんどが受動的で限界にぶつかりやすいが、このような業務形態が定着すれば、ただちに収益にはつながらなくとも、顧客との関係を主導して安定した収益と成長を期待することができるだろうとの見通しが示されていた。社員のほとんどはこの新しい仕事に魅力を感じ、キム・ジヨン氏も同じだった。ちょうどキム・ウンシル課長がこれを担当することになったので、キム・ジヨン氏は課長に、自分もやりたいと伝えた。

「そうだよね。あなたならうまくやれると思う」

課長の答えは肯定的だった。しかし結局、企画チームには参加できなかった。仕事ができると評判の係長クラスの人が三人と、キム・ジヨン氏の男性の同期二人が企画チームに異動した。この企画チームは会社の中核を担う人材集団と見なされていたので、キム・ジヨン氏とカン・ヘス氏の落胆は相当なものだった。それまでは、女性同期二人の方が評判は上だったのである。先輩たちには、同じ時期に同じ方法で採用したのに、男二人は何であんなに出遅れてるんだなどと大っぴらにからかわれていたのだが。男性の同期二人も仕事ができないわけではなかったが、女性二人より扱いやすい企業を担当してきたことは、事実だったのだ。

この四人は今まで格別に親しい仲だった。性格は全然違うけれど、一度も衝突せずに仲良くつきあってきた。なのに二人だけが企画チームに異動した後は、妙な距離ができてしまった。業務中にもやりとりしていたSNSのチャットもぷっつり途絶え、先輩の目を盗んで仕事の合間に持っていたカフェタイムも、お昼に一緒に行くのも、定期的な飲み会もおしまい。廊下で会うと、視線を合わせないように注意しながらぎこちない目礼をする。こんなことでは嫌だなあと思っていたら、いちばん年長のカン・ヘス氏が飲み会を設定してくれた。

遅くまでかなり飲んだが、誰も酔わなかった。それまでは、集まれば子どもみたいにくだらない冗談を言いあい、仕事の大変さを愚痴り、それぞれのチームのメンバーについて軽い不満を漏らし、けらけら笑っていたのに、その日は初めめからすっかり深刻モードだった。最初にカン・ヘス氏が、しばらく社内恋愛をしていたと打ち明けたからだ。

「もう完全に別れた。誰かって聞かないで。憶測もしないで。他のところで口にしないでね。とにかく、最近はそれでもう精神状態めちゃくちゃなんだ。慰めてよ」

キム・ジヨン氏の頭の中で、何人もいない未婚の男性社員たちの顔がぐるぐる回ったが、急に、相手が未婚者だとは限らないと気づいて頭痛がしてきた。二人の男性同期はビールをがぶがぶ飲み干し、そのうちに一人が、大学を卒業した妹がまだ就職できず心配だと言い出した。自分だって学資ローンを全額返済できていないのに、それよりもたくさん借りている妹は借金漬けから抜け出せないかもしれないと言う。すると、もう一人が頭をかきむしった。

「何だよ。今、告白タイムなの？　俺も告白すべき？　だったら言うけど俺、企画チームの仕事、向いてない」

キム・ジヨン氏はその飲み会で、たくさんの話を聞いた。企画チームの人材構成は完全に社長の意思で決まったものだという。有能な係長級の人たちが選ばれたのは仕事をしっかりと軌道に乗せるためで、二人の男性の同期が抜擢されたのは、これが長期プロジェクトだからだそうだ。社長は、プロジェクトの特性と困難さから見て、業務と結婚生活、特に育児との両立が難しいことをよく知っており、そのために女性社員は員数に入れていなかった。だからといって社員の福利厚生の向上に努めるつもりはない。続けられない社員が続けられるための条件を整備するより、続けられる社員を育てる方が効率的だというのが社長判断だったのだ。実は、それまでキム・ジヨン氏とカン・ヘス氏に難しいクライアントを任せてきたのも、同じ理由からだった。二人の女性を男性より信頼したからではなく、ずっと会社に残っていっぱい働く男性たちには、やる気をなくさせるような辛い仕事はあえてさせないのだった。

キム・ジヨン氏は迷路の真ん中に立たされたような気持ちになった。まじめに、冷静に出口を探しているのに、出口は最初からなかったというのだから。それで呆然と座り込んでしまえば、もっと努力せよ、だめなら壁を突き破れと言われる。事業家の目標は結局お金を稼ぐことだから、最小の投資で最大の利益を上げようとする社長を非難はできない。だが、すぐ目の前に見える効率と合理性だけを追求することが、果たして公正といえるのか。公正でない世の中で、結局何が残るのか。残った者は幸福だろうか。

その日、入社以来ずっと男性の同期たちの年俸が自分たちより高かったことも知ったが、一日分のショックと失望はもう使い果たしていたので、何とも思わなかった。社長や先輩を信じて働く自信はもうなくなっていたが、夜がまた明けて酔いが醒めれば習慣的に会社に行った。以前と変わりなく、やれといわれた通りに与えられた仕事をこなした。だが、情熱とか、信頼とか呼ばれるものには明らかに陰りがさした。

大韓民国はOECD加盟国の中で男女の賃金格差が最も大きい国である。二〇一四年の統計によれば、男性の賃金を一〇〇万ウォンとしたとき、OECDの平均では女性の賃金は八四万四〇〇〇ウォンであり、韓国の女性の賃金は六三万三〇〇〇ウォンだった（原注13）。また、英国の『エコノミスト』誌が発表した「ガラスの天井〔マイノリティや女性の昇進を妨げる、目に見えない壁〕指数」でも、韓国は調査国のうち最下位を記録し、最も女性が働きづらい国に選ばれた（原注14）。

二〇一二年～二〇一五年

両家の顔合わせは、高速バスターミナルに近い江南《カンナム》の韓国料理レストランで行った。お会いできて嬉しいです、遠路お疲れでしょうといった儀礼的な挨拶が行きかったあと、ぎこちない静けさが続いた。するとチョン・デヒョン氏の母が急に、二回しか会ったことのないキム・ジヨン氏をほめはじめた。落ち着いていて気立てが良い上に気も利くとか、私がコーヒーを飲まないのを覚えていて、次に会うときには手土産に伝統茶を持ってきたとか、風邪気味でちょっとのどの調子が悪いときもすぐに気づいてくれたとか言うのである。実際は、伝統茶の手土産はデパートの店員に値段を言って見つくろってもらったものだし、のどの一件だって、季節の変わり目だから風邪の話をしたまでで、声が変だなんて全然気づいていなかった。何の意味もない行動もいろいろに解釈されるものだと思うと、キム・ジヨン氏はちょっと気が重くなった。だがキム・ジヨン氏の母は未来の姑のほめ言葉が嬉しかったのか、満足げな面持ちで笑いながら言った。

「買いかぶってらっしゃいますよ。年ばかり行ってて、何もできない子なんですから」

私が放っておけない性格で先にやってしまうから、子どもたちに家事をやらせる機会がなかったんですよ、おなかをすかせたままでもいられませんしねえ、などと言いわけのような冗談のようなことを並べると、チョン・デヒョン氏の母も、最近の若い人はみんなそうだと調子を合わせた。二人の母親はひとしきり、自分の娘たちがいかに家事を免除されて勉強と仕事だけに没頭してきたかをことこまかに語り、最後にチョン・デヒョン氏の母がこうまとめた。

「初めからうまくできる人がいるもんですか。みんな、やりながら覚えるんですよ。ジヨンさんも上手になるでしょう」

いいえ、お義母さん。私、上手になる自信はないんです。そういうことは自炊生活をしていたデヒョンさんの方が上手ですもん。結婚しても自分がちゃんとやるって言ってましたもん。そうは思ったが、キム・ジヨン氏もチョン・デヒョン氏も黙って微笑むだけだった。

チョン・デヒョン氏が一人で住んでいたオフィステル〔オフィスとしても住居としても使える集合住宅〕の保証金に二人の貯金を足し、若干の融資も受けて、これから住む二十四坪のマンションのチョンセ〔七ページ参照〕の保証金を払った。世帯道具も二人で買いそろえ、結婚式場や新婚旅行などの支払いも済ませた。チョン・デヒョン氏がオフィステルの保証金というまとまったお金を持っていたし、二人ともあまり無駄遣いせず堅実に貯金する方だったので、両親の経済力に頼らずに結婚することができたのだ。

二人が社会人生活をスタートさせたのは同時期である。そしてキム・ジヨン氏は親元で暮らして小遣い以外には生活費もかからなかったのに、貯金はチョン・デヒョン氏の方が多かった。年俸がはるかに高かったからである。会社の規模も違うし、キム・ジヨン氏の業界はもともと労働条件が劣悪なのである程度予想はついていたが、こんなに差があるとは思っていなかった。キム・ジヨン氏はちょっとがっくりした。

結婚生活は思ったよりうまくいった。二人とも帰宅が遅く、土日の出勤もしょっちゅうで、一度も一緒に食事できない日も多かったが、ときどきは深夜映画を見たり、夜食の出前をとったりし、出勤しなくていい週末には朝寝をして、起きるとチョン・デヒョン氏が焼いたトーストを食べながら映画紹介番組を見た。デートみたいでもあったし、ままごとみたいでもあった。

結婚してちょうど一か月経った水曜日のこと。キム・ジヨン氏が残業をしてやっと終電で帰ってくると、チョン・デヒョン氏がなぜか早く帰宅して、一人でラーメンを作って食べ、食器を洗い、冷蔵庫を整理し、テレビドラマをつけて洗濯物をたたみながら妻の帰りを待っていた。食卓の上には紙が一枚置いてある。婚姻届だ。会社でダウンロードして出力したものに、証人として同僚二人のサインも入っている。キム・ジヨン氏はつい笑ってしまった。

「何をそんなに急いでるの？　式も挙げたんだし、もう一緒に住んでるのに。届けを出したからって、何か変わるわけでもないでしょ」

でもキム・ジヨン氏は、チョン・デヒョン氏が急いでいるのを見て何となく良い気分だった。何だかうきうきして、肺だか胃だか、体のどこかに軽い空気が充満したような感じがする。だがチョン・デヒョン氏の答えは小さな針のように、そんな浮き立った心にぷすっと穴をあけた。

「気の持ちようが変わるだろ」

ふくらんでいた心は徐々に、少しずつしぼんでいった。

キム・ジヨン氏は、結婚式とか婚姻届が気の持ちようを変えるとは思っていなかった。気の持ちようが変わるという夫が責任感が強いというべきか、届けを出そうと出すまいと心は変わらないと思う自分が終始一貫しているというべきなのか。キム・ジヨン氏は夫を頼もしく思うと同時に、妙な距離を感じた。

二人はノートパソコンを前に置いてテーブルにつき、空欄を埋めていった。チョン・デヒョン氏は漢字の一画一画をパソコンで確認しながら、本貫《ポングァン》〔祖先発祥の地名。韓国では金、李、朴、崔、鄭など一部の姓に人口が集中しているため、「金海金氏」（金海出身の金氏）、「慶州金氏」（慶州出身の金氏）などと、本貫と姓を組み合わせることで氏族を区別する〕の漢字を書いた。キム・ジヨン氏も大差はなく、自分の本貫の地名を漢字でどう書くかなんて、初めて見たような気がする〔現在の韓国では日常的にほとんど漢字を用いないため、本貫を漢字でどう書くか知らない人も多い〕。他の欄は比較的簡単に埋めることができた。チョン・デヒョン氏は両家の両親の住民登録番号をあらかじめ確認しており、両親の情報もちゃんと書けた。そして五番目の項目になった。「子の姓と本貫を母親の姓・本貫にすると合意しましたか？」

「どうする？」

「何を？」

「これだよ、五番だよ」

チョン・デヒョン氏は声を出して五番の項目を読み上げ、キム・ジヨン氏をちらっと見て、気にするほどのことじゃないと言いたげに、軽く言った。

「僕は、苗字は〈チョン〉でいいと思うけど……」

一九九〇年代の終わりに、戸主制度に関する論議が本格的に始まった。戸主制度廃止を主張する団体が生まれ、両親の姓を二つとも使う人たちも現れ、継父と苗字が違うために幼いころに辛い思いをしたと告白した有名人もいた。そのころ、一人で子どもを産んで育てたシングルマザーが、後に現れた父親に子どもを奪われそうになるというドラマが大人気を集め、キム・ジヨン氏はそのドラマによって、戸主制度の不合理性を知った。もちろん、戸主制度を廃止したら父母や兄弟が誰かもわからなくなる、そんなのは人間以下の獣になりさがることで、国がばらばらになってしまうと真っ向から反対する人も大勢いたが。

結局、戸主制度は廃止された。二〇〇五年二月、戸主制度は憲法で保障された両性平等の原則に違反し、憲法に合致しないとの決定が下され、まもなく戸主制度廃止を主たる内容とする改正民法が公布され、二〇〇八年一月一日から施行された（原注15）。もはや大韓民国に戸籍などというものはなく、人々は一人ひとりの登録簿だけで問題なく暮らしている。子が必ず父親の姓を受け継がなくてはならないわけでもない。婚姻届を出す際に夫婦が合意すれば、母親の姓と本貫を継ぐこともできる。それは可能なことなのだ。しかし、子が母親の姓を継いだケースは、戸主制度が廃止された二〇〇八年に六十五件だったのを皮切りに、毎年二百件内外にすぎない（原注16）。

「まだ、父親の姓を継ぐ人がほとんどではあるんだよね。母親の姓を継いだら、何か特別な事情があると思われるでしょうね。説明したり訂正したり、確認したりすることが増えるだろうな」

キム・ジヨン氏の言葉に、チョン・デヒョン氏は大きくうなずいた。自分の手で「いいえ」の欄に印をつけるキム・ジヨン氏の心情はどことなく虚しかった。世の中はほんとうに、大きく変化した。しかしその中のこまごまとした規則や約束や習慣は、大きく変わりはしない。だから結果として、世間は変わらなかった。

キム・ジヨン氏は、婚姻届を出したら気の持ちようが変わるというチョン・デヒョン氏の言葉をもう一度よくよく考えてみた。法律や制度が価値観を変えるのか、価値観が法律や制度を牽引するのかと。

周囲の年長者たちはずっと、「良い知らせ」を待っていた。両親や親戚たちは次から次へと意味ありげな夢を見て、そんな朝はキム・ジヨン氏に電話して様子を探ったりした。そのようにして何か月か経つと、キム・ジヨン氏の健康状態を心配し、疑いはじめた。

結婚後に迎えた義父の誕生日には挨拶も兼ねて、釜山に住む近い親戚たちがチョン・デヒョン氏の実家に集まって昼食を共にした。昼食を作り、食べ、片づける間、親戚たちはずっと、良い知らせはないのか、なぜないのか、どんな努力をしているかキム・ジヨン氏を質問攻めにした。まだその計画はないと答えてもそんなことはおかまいなしで、子どもができないものと勝手に決め込み、原因を探りはじめた。キム・ジヨン氏が年を取りすぎているからじゃないか、やせすぎているからじゃないか、手が冷たいから血液の循環が悪いのでは、あごに吹き出物ができているから子宮の状態が良くないのでは……どっちに転んでもキム・ジヨン氏に問題があるという結論らしい。そしてチョン・デヒョン氏の母に、父方の伯母がそれとなく言った。

「このお姑さんったらほんとに、気が利かないねえ、何してるの？　子どもができる薬を用意してやりなさいよ。お嫁さんだって寂しいでしょうに」

ちっとも寂しくない。こういう会話ががまんできないだけだ。キム・ジヨン氏は、私は十分に健康だし、薬なんか必要ないし、家族計画は初対面の親戚じゃなくて夫と二人で立てますよと言いたかった。でも、いいえ大丈夫ですとしか言えなかった。

ソウルに戻る車の中ではずっとけんかである。キム・ジヨン氏は、自分の体に何か欠陥でもあるみたいに扱われている間、夫が口を固くつぐんでいたことにひどくがっかりしたが、チョン・デヒョン氏の方では、へたに口を出して悪印象を与えたり、事を大きくしてはいけないと思ってがまんしていたんだと言う。キム・ジヨン氏はチョン・デヒョン氏の理屈が理解できないが、チョン・デヒョン氏はキム・ジヨン氏が気にしすぎだと言う。この「気にする」という言葉にキム・ジヨン氏はまた腹を立てた。言い訳がたたって、けんかはずっと堂々めぐり。サービスエリアに一度も寄らず、休まずに走りつづけ、マンションの地下駐車場に車を停めたとき、しばらく黙っていたチョン・デヒョン氏が口を開いた。

「走りながらずっと考えてたんだけど、うちの家族といるとき君が辛い立場になったら、僕が中に入るのがいいみたいだね。僕の方が楽にものが言えるからね。その代わり、君の家族といるときには君がうまく伝えてくれよな。今日のことは謝るよ。ごめんね」

急にこんなふうに出られると、キム・ジヨン氏もそれ以上怒るわけにいかない。自分が悪かったわけではないが、妙に気を遣って、わかったと答えた。

「それと、うるさいことを言わせない方法があることはあるんだけど……」

「何？」

「子ども一人、持とうよ。どうせいつかはそうなるんだから、嫌なこと言われてがまんしてないで、一歳でも若いうちに子どもを持って、育てようよ」

チョン・デヒョン氏はまるで、「ノルウェー産の鯖《さば》を買おうよ」とか、「クリムトの『接吻』のジグソーパズルを額に入れて飾ろう」とでも言うみたいに、何でもないことのように、悩みもせずにそう言った。少なくともキム・ジヨン氏には悩んでないように聞こえた。家族計画や出産時期について具体的に話し合ったことはなかったが、二人とも結婚したら当然子どもを持つものだと思っていたから、チョン・デヒョン氏の言葉は間違いではない。けれどもキム・ジヨン氏は、そんなに簡単に決めることはできなかった。

一年早く結婚した姉にも子どもはおらず、友だちも大部分が結婚が遅い方だったので、キム・ジヨン氏は妊娠した女性や新生児を間近に見たことがない。自分の体にどんな変化がどのぐらい起きるのかも見当がつかないし、何よりも育児と仕事を両立させる自信がなかった。夫婦二人とも帰りが遅く土日出勤も多いので、保育園やベビーシッターだけではやっていけそうにない。二人の両親に助けてもらえる状況ではない。そこまで考えたとき、突然、子どもができてもいないのにもう預け先を考えているという事実に罪悪感が押し寄せてきた。考えるだけでもこんなに申し訳ない気持ちになるのに、育てられもしないのに、どうして子どもを持とうとしているのだろう。キム・ジヨン氏がため息をついていると、チョン・デヒョン氏が肩をたたいて言った。

「僕もちゃんと手伝うからさ。おむつも替えるし、授乳もするし、下着は煮洗い〔韓国では白いものを洗濯する際、煮沸消毒して仕上げる方法が広く普及している〕してあげるよ」

キム・ジヨン氏は自分が感じていること、つまり出産後も仕事を続けられるかという不安や、子どもが生まれる前から預け先を考えることへの罪悪感について、夫に一生けんめい説明した。チョン・デヒョン氏は冷静に妻の話を聞き、適切なタイミングでうなずいた。

「でもさ、ジヨン、失うもののことばかり考えないで、得るものについて考えてごらんよ。親になることがどんなに意味のある、感動的なことかをさ。それに、ほんとに預け先がなくて、最悪、君が会社を辞めることになったとしても心配しないで。僕が責任を持つから。君にお金を稼いでこいなんて言わないから」

「それで、あなたが失うものは何なの？」

「え？」

「失うもののことばかり考えるなって言うけど、私は今の若さも、健康も、職場や同僚や友だちっていう社会的ネットワークも、今までの計画も、未来も、全部失うかもしれないんだよ。だから失うもののことばっかり考えちゃうんだよ。だけど、あなたは何を失うの?」

「僕は、僕も……僕だって今と同じじゃいられないよ。何ていったって家に早く帰らなくちゃいけないから、友だちともあんまり会えなくなるし。接待や残業も気軽にはできないし。働いて帰ってきてから家事を手伝ったら疲れるだろうし、それに、君と、赤ちゃんを……つまり家長として……そうだ、扶養! 扶養責任がすごく大きくなるし」

キム・ジヨン氏はチョン・デヒョン氏の言葉を感情的に受け止めまいと努力したが、うまくいかなかった。自分の人生がどっち向きにどうひっくり返るかわからないのに比べたら、夫が並べたてたことはあまりにも瑣末なことに思える。

「でしょうね。あなたも大変かもしれないよね。だけど、私、あなたがお金を稼いでこいって言ってるから会社に行ってるんじゃないよ。面白いし、好きだからやってんのよ。仕事も、お金を稼ぐことも」

言わないでおこうと思っても、悔しく、損をしたような気分になるのはどうしようもない。

土曜日の朝。二人で近所の植物公園に散歩に行く。植物公園には、何だかわからない白い草がぎっしり生えている。チョン・デヒョン氏が世の中に白い植物なんてあるのかなと尋ねるので、ハーブの一種か何かじゃないのとキム・ジヨン氏は答える。二人はふかふかした草を踏みながら、白い野原を歩いていく。そうやってしばらく歩いていくと、野原の真ん中に子どもの頭ぐらいの大きさの、丸くて黄緑色のものがふっくらと盛り上がっているのが見えた。近寄ってみると大根だ。とても大きくてみずみずしい大根が一本、半分ほど土に埋まり、半分ほど地面の上に突き出している。キム・ジヨン氏が手を伸ばして大根を引き抜こうとすると、ほとんど土がついていないすべすべの大根がすうっと抜けてきた……。チョン・デヒョン氏は、童話の本で読んだ「大きなかぶ」のお話みたいじゃないかと言い、ずいぶん変な夢だねと笑った。そしてこの変な夢は、こんどこそほんとうに胎夢だった。

臨月まで、あくびをするときに空気を飲んだだけでも吐き気がするほどひどいつわりが続いた。強い痛みやむくみ、めまいはなかったが、消化が悪くて便秘になり、いつも下腹がずっしり重く、ときどき腰痛があった。疲れやすく、やたらと眠いのがいちばん困る。

会社では妊娠した社員の安全のため、出勤と退勤の時間を三十分ずつ遅らせることができるよう配慮していた。キム・ジヨン氏が妊娠したことを報告すると、同期の男性がすぐさまこう言った。

「わー、いいなあ。これで朝、遅く出社できるんだね」

じゃああんたもずっと吐き気がして、まともに食べることも出すこともできなくて、疲れやすくて、眠くて、あっちこっち痛い身になってみたらどう、と口に出しては言えない。妊娠のために味わう不便さも苦痛もまったく念頭にない同期の言葉はちょっと悔しかったが、夫でもなく家族でもない人が理解してくれるわけもない。キム・ジヨン氏が黙っていると、一緒にいたもう一人の同期の男性がたしなめてくれた。

「おい、三十分遅く来る代わりに三十分遅くまで働くんだから同じことだろ。何言ってんだよ」

「うちの会社で定時に帰れるわけないじゃないか。ってことは朝の三十分、丸もうけだろう」

これに腹を立てたキム・ジヨン氏は、時差出勤する気はありませんからと言ってしまった。みんなと同じ時間に出勤して同じように働き、一分も丸もうけする気はないと。だが、だからといって破裂しそうな地獄の通勤列車には耐えられそうにない。結局キム・ジヨン氏は一時間早く出勤することにし、うっかり言ってしまったあの一言を後悔しつづけた。それにもしかしたら、女性の後輩の権利を奪ったのかもしれないという気もする。与えられた権利や特典を行使しようとすれば丸もうけだと言われ、それが嫌で必死に働けば同じ立場の同僚を苦しめることになるという、このジレンマ。

外回りをしたり、半休を取って病院に行ったりするときには、地下鉄で席を譲ってもらうこともときどきあった。だが出勤の時間帯はそうはいかない。キム・ジヨン氏は折れそうな腰を手でかばって耐えながら、みんな無関心なのではなく、疲れていて人を思いやる余力がないだけだと考えて心をなだめていた。だが、自分が前に立っているだけでも嫌そうな、不愉快そうな態度をとる人に出会うと、正直言って腹も立つ。

ちょっと遅く会社を出た日のことだった。空席はなく、空いている吊り革もほとんどなかった。ドア近くの手すりにつかまってやっと立っていたのだが、前に座った五十代ぐらいのおばさんが、キム・ジヨン氏のおなかをちらちら見て、何か月かと聞いた。キム・ジヨン氏は周囲の視線が集まるのが嫌で、ぎこちなく笑って適当にごまかした。おばさんは会社帰りかと尋ね、キム・ジヨン氏はうなずいて視線をそらした。

「そろそろ腰が痛いでしょ？　膝や足首もね？　私、先週、山で足首をくじいちゃってさ、じっとしててもずきずきするんだよね。足首さえこんなじゃなかったら、席、替わってあげられるのにねえ。ちょっとぉ、誰か、替わってあげられないの？　辛いでしょ、お母さん？」

おばさんは無遠慮にあたりをきょろきょろ見回して、座っている人たちに気まずい思いをさせ、キム・ジヨン氏をさらに居心地悪くさせた。大丈夫です、平気ですと何度も言ったが通じそうになかったので、位置を変えようとしていたら、おばさんの隣の、大学のマーク入りのジャンパーを着た女の子がうんざり顔で席を蹴って立ち上がった。そして、キム・ジヨン氏の肩をぐいっと押しのけて向こうへ行きながら、聞こえよがしに言った。

「そんな腹になるまで地下鉄に乗って働くような人が、何で子どもなんか産むのさ」

突然、どっと涙があふれた。私ってそういう人なのか。そうまでして稼がなきゃならない人。おなかが大きくなってまで、地下鉄に乗って。涙を隠すことも顔を覆うこともできず、大粒の涙がぼろぼろあふれつづけ、キム・ジヨン氏は次の駅であたふたと降りてしまった。ホームのベンチに座ってちょっと泣き、改札口の外に出た。家にはまだ距離があり、初めて降りる知らない町だったが、とにかく駅舎から抜け出した。道沿いにタクシーが並んでお客を待っており、キム・ジヨン氏は列の先頭のタクシーに乗った。どうせ知っている人はいないのだから、地下鉄の中で泣いていてもよかったし、次の地下鉄に乗ってもよかっただろう。でも、あえてタクシーに乗った。その日はただもう、そうしたかったのだ。

キム・ジヨン氏よりちょっとおなかの大きい産婦人科医は優しく笑いながら、ピンクの服を準備してくださいねと言った。夫婦のどちらも特定の性を期待してはいなかったが、両親や親戚が男児を待っていることは明らかだったから、おなかの子が娘であることがわかった瞬間、これからストレスがたまるだろうなという予感がして、ちょっと気が重くなった。キム・ジヨン氏の母はすぐさま、次に息子を産めばいいよと言い、チョン・デヒョン氏の母は大丈夫と言った。そんなこと言われたら、全然大丈夫ではない。

そして、年寄りばかりではなかった。最初の子が娘だったから二人めの性別がわかるまで気が気じゃなかったとか、息子ができたので夫の両親に堂々と対応できるようになったとか、おなかの子が息子だとわかったので高いものを思いっきり食べたとか、同年代の人たちまであたりまえのように言う。キム・ジヨン氏は、私は誰の前でも堂々としてるし、食べたいものは何でも食べてるよ、そんなことは子どもの性別とは関係ないよと言ってやりたかったが、コンプレックスがあると思われそうだったので言わなかった。

予定日が近づくにつれ、産休だけ取るか、育休も取るか、退職するかというキム・ジヨン氏の悩みは深まった。後で退職することになるとしても、まずは取れるだけ育休を取って消化しながら方法を探すのが自分にはベストだが、同僚たちにとってはそうもいかないだろう。

キム・ジヨン氏とチョン・デヒョン氏はほんとうに何度も何度も話し合った。復帰しない場合。キム・ジヨン氏がすぐに復帰する場合。育休を一年取って復帰する場合。この三つのケースそれぞれについて、育児を主に誰が担当するか、費用はいくらかかるか、メリットとデメリットは何かをきちんと整理し、大きな紙に書き出していった。二人とも今までと同様に働きつづけたいなら、子どもは初めから釜山の両親に預けるか、住み込みのお手伝いさんを雇う以外に方法はない。

釜山の両親に任せるのはどうにも無理と思われた。二人は預かってあげると言ってくれたが、二人とも年配だし、義母は最近椎間板ヘルニアの手術までしたのだから。住み込みのお手伝いさんは、二人とも気が進まなかった。それは子どもの面倒を見てくれるだけでなく、家族の生活と家事と時間のすべてを共有する人だ。子どもをちゃんと見てくれる人を探すだけでも大変なのに、一緒にうまく暮らせる他人を探すなんて可能なのだろうか。幸いに良い人がいたとしても、費用がばかにならない。その上、いつまでいてもらえばいいのか？　子どもが一人で学校に行き、塾に行き、夕ごはんも自分で何とかできるようになるのは何歳ぐらいだろう? それまでにどれだけ歯がゆい思いをし、不安と罪悪感に悩みながら暮らさなくてはならないのだろう?

結局、夫婦のどちらか一人が会社を辞めて子どもの世話をするしかないという結論が出て、その一人とは当然、キム・ジヨン氏だった。チョン・デヒョン氏の会社の方が安定していて、収入も多いし、またそれらすべての理由とは別に、夫が働き妻が子どもを育てるという暮らしが一般的だからである。

予想していなかったわけではないが、キム・ジヨン氏は憂鬱になった。チョン・デヒョン氏がキム・ジヨン氏のがっくり落とした肩をたたいて言った。

「子どもがちょっと大きくなったら短時間のお手伝いさんに来てもらえばいいし、保育園にも入れよう。それまで君は勉強したり、他の仕事を探してみればいいよ。この機会に新しい仕事を始めることだってできるじゃないか。僕が手伝うよ」

チョン・デヒョン氏は本心からそう言い、それが本心であることはよくわかっていたけれど、キム・ジヨン氏はかっとなった。

「その「手伝う」っての、ちょっとやめてくれる？　家事も手伝う、子育ても手伝う、私が働くのも手伝うって、何よそれ。この家はあなたの家でしょ？　あなたの家事でしょ？　子どもだってあなたの子じゃないの？　それに、私が働いたらそのお金は私一人が使うとでも思ってんの？　どうして他人に施しをするみたいな言い方するの？」

やっと結論が出て一件落着したのに、またいきなり腹を立てているみたいで、キム・ジヨン氏はちょっと申し訳なく思った。当惑顔で口ごもる夫に、先にごめんと言い、チョン・デヒョン氏は大丈夫と答えた。

キム・ジヨン氏は、退職すると社長に伝えたときも泣かなかったし、いつかまた必ず一緒に仕事をしようねとキム・ウンシル課長に言われたときも泣かなかった。毎日少しずつ荷物を持って帰るときも、送別会の席でも、最後に会社を出るときも泣かなかった。退職した翌日は、出勤するチョン・デヒョン氏に牛乳を温めてあげ、見送ってからまたベッドに入り、九時になって目を覚ました。そして思った——駅まで行く途中でトーストを食べよう。お昼はおからチゲがいいな。仕事が早く終わったら映画でも見て帰ろうかな。銀行にも寄って満期になった預金をおろさなくちゃ——そこまで考えてようやく、もう出勤しないんだという事実に気づいたのである。日常はすでに以前とは違っていた。変わってしまった日常に慣れるまでは、何かを予測したり計画を立てることは不可能だろう。そう思ったとき初めて、涙が出た。

最初の職場だった。社会への第一歩だった。社会はジャングルで、学校を出た後にできた友だちはほんとうの友だちじゃないと言われるけれど、必ずしもそうではなかった。合理的なことより不合理なことが多かったし、仕事の中身に比べたら報酬も少なかったが、どこにも所属しない個人になってみると、会社はしっかりした盾だったと思える。同僚も良い人の方が多かった。関心のあることや趣味が似ているせいか、学生時代の友だちよりむしろ心が通じた。高給でもないし、世間にむかって大声で主張できることがあるわけでもないし、目に見え、手で触れるものを作り出す仕事でもなかったけれど、何よりキム・ジヨン氏にとっては楽しい仕事だった。与えられた業務をやりとげて昇進したときには達成感も感じたし、自分の収入で自分の生活に責任を持つことはやりがいもあった。だが、それらのすべてが終わりになったのである。キム・ジヨン氏に能力がないわけでも、まじめにやらなかったわけでもないが、そうなった。子どもを他人に預けて働くのが子どもを愛していないからではないように、仕事を辞めて子どもを育てるのも、仕事に情熱がないからではない。

キム・ジヨン氏が会社を辞めた二〇一四年、大韓民国の既婚女性五人のうち一人が、結婚・妊娠・出産・幼い子どもの育児と教育のために職場を離れた（原注17）。韓国女性の経済活動は、出産期前後に顕著に低下するものの、二十〜二十九歳の女性の六三・八パーセントが経済活動に参加し、三十〜三十九歳では五八パーセントに下落し、四十代からまた六六・七パーセントに増加する（原注18）。

予定日が過ぎても陣痛は来なかった。子どもはだんだん大きくなり、羊水が減りはじめたので、誘発分娩をすることにした。入院の前日、キム・ジヨン氏とチョン・デヒョン氏は三枚肉の焼肉を四人分と、ごはんも一杯ずつ食べて満腹になり、早めに床についた。キム・ジヨン氏は眠れなかった。怖くて、心配で、そして過去のこまごました記憶――小さいころに姉さんが図工の宿題を代わりにやってくれたこととか、遠足の日に母がお弁当の海苔巻きにたくあんを入れるのを忘れたこと〔海苔巻きの具にはたくあんが必須で、これが抜けるのは大失策〕とか、つわりがひどかったときに女性の先輩がポン菓子を買ってくれたことなどが急に思い浮かび、そのときの気持ちや感覚が生々しく蘇り、明け方になってようやく眠りに落ち、しばらくの間、子どもが生まれる夢を何度も見た。

キム・ジヨン氏は朝早く病院に行き、服を着替え、浣腸を受け、胎動周期をチェックし、分娩待機室のベッドに寝て促進剤の投与を受けた。そのころになって眠気が押し寄せてきてうとうとしかけたが、眠りそうになると二人の看護師と一人の医師が代わる代わる内診をする。この内診は検診のときとは次元が違い、赤ん坊の手をつかんで引っ張り出さんばかりの積極的で荒っぽいもので、体の中で台風か地震などの自然災害が起きているような気がする。脊椎の端のあたりからぼちぼち痛みがやってきた。それはしだいに強くなり、周期が短くなり、いつの間にかキム・ジヨン氏は枕をつかみ、その縫い目をびりびりに引き裂きながら泣き叫んでいた。レゴの人形の胴体と足をつかんで逆方向に回してはずそうとしているような、腰がねじれそうな痛みが続いたが、子宮口はなかなか開かず、子どもも降りてこなかった。本格的な陣痛が始まってから、キム・ジヨン氏はとりつかれたように、一つのことしか言わなくなった。無痛、無痛、無痛にしてください、お願いだから、無痛の、注射を……。硬膜外麻酔注射は夫婦に約二時間三十分の平和をもたらした。だが、短い休止の後に訪れた痛みは、その前と比較にならないほどすさまじかった。

赤ちゃんは明け方の四時に生まれた。赤ちゃんはほんとにかわいかったから、キム・ジヨン氏は陣痛のときよりもさらに泣いた。

だが、そのかわいい赤ちゃんは抱いていてやらない限り夜も昼も泣き続けるので、赤ちゃんを抱いたまま家事をやり、トイレに行き、眠らなくてはならない。二時間おきの授乳なので、二時間以上続けて眠ることができないし、前より清潔に家を掃除し、赤ちゃんの服とタオルを洗濯しなくてはならないし、おっぱいがよく出るように自分のごはんも頑張って作って食べなくてはならないしで、キム・ジヨン氏はまたまた泣いた。何よりも、体が辛い。

手首が動かせなくなってしまったキム・ジヨン氏は土曜の朝早く、チョン・デヒョン氏に赤ちゃんを任せて、以前も受診したことのある家のそばの整形外科に行った。おじいさんの医師は、炎症があることはあるが心配するほどではないと言い、手首を使う仕事をしているかと尋ねた。出産して間もないと答えると、それでわかったというようにうなずいた。

「そもそも子どもを産むと節々が弱くなるからね。母乳をやってるんなら、薬も飲めないしなあ。リハビリに通えるかい？」

キム・ジヨン氏は首を振った。

「じゃあしょうがないね。手首をあんまり使わないようにして、よく休みなさい」

「子どもの世話して、洗濯や掃除もしなきゃいけないのに……手首、使わないわけにいきません」

キム・ジヨン氏が小声で泣き言を言うと、おじいさんの医師はふんと鼻で笑った。

「昔は砧《きぬた》で洗濯物をたたいて白くしたり、火を焚いて煮洗いしたり、はいつくばって掃いたり拭いたりしたもんだ。今は洗濯は洗濯機がやるし掃除は掃除機がやるじゃないか？　何がそんなに大変なんだね、最近の女性は」

汚れた衣類が自分の足で洗濯機に入っていって、水と洗剤をかぶってくれて、洗濯が終わったらまた歩いて出てきて乾燥機に入ってくれるわけじゃないんですよ。掃除機だって、自分で雑巾を持ってあちこち行って、拭いたり磨いたり乾かしたりしてくれるわけでもないし。この医師は洗濯機や掃除機を使ったことがないんじゃないだろうか。

医師はモニターに映ったキム・ジヨン氏の以前の治療記録をちらっと見、授乳中に飲んでも構わない薬を処方してあげようと言ってマウスを何度かクリックした。以前はいちいち患者のカルテを探して手で記録し、処方箋も手書きしていたのに、最近の医者は何が大変なのかとか、以前は紙の書類を持って上司を追っかけて決裁印をもらっていたのに、最近の会社員は何が大変なのかとか、以前は手で田植えをし、稲刈りもしていたのに、最近の農家は何が大変なのかとか、そんな乱暴なことは誰も言わない。どんな分野でも技術が発展すれば物理的な労力は減るのが普通なのに、家事労働に関してだけはそれが認められない。専業主婦になって以来、キム・ジヨン氏は家事に対する世間の態度はダブルスタンダードだなあと思うことがよくあった。ときには「家で遊んでいる」とばかにされるし、ときには「家族の生命を守る仕事」なんて持ち上げられるが、費用に換算されることはめったにない。値段がついたらその瞬間、誰かが支払わなくてはならないからだよね……。

キム・ジヨン氏の母親は店のことがあるので、娘の体調を気遣ってやることができなかった。近くにいろいろな飲食店ができたため、おかゆ屋も初期のころと同じようには儲からず、従業員を減らして人件費を節約することになり、その空白を母が埋めているからだ。それでも、勉強が長引いている息子を支えられる程度の売り上げはキープしていた。母は暇を見てはテイクアウトのおかゆを持ってきてくれた。

「ああ、がりがりにやせちゃって。一人で母乳育児なんて、よくやってるね、感心だよ。母性愛は偉大だねえ」

「お母さんが私たちを育ててるときはどうだった？　大変じゃなかった？　後悔しなかった？　お母さんも偉大だったと思う？」

「何言ってんの、それどころじゃなかったよ。あんたの姉さんはとにかくピーピー泣いてねえ、夜も昼も泣きまくるもんだから何度病院に行ったかわかりゃしない。子どもが三人もいるのに父さんはおむつ一枚替えてくれるじゃないし、そんなときだっておばあちゃんは三度三度しっかり召し上がるしねえ。やんなきゃいけないことだらけなのに、眠いし、体の具合は悪くなるしで、地獄みたいだった」

なのに母はどうして、辛いと言わなかったのだろう。キム・ジヨン氏の母親だけではなく、すでに子どもを産んで育てた親戚たち、先輩たち、友だちの誰も、正確な情報をくれなかった。テレビや映画には器量がよくて愛らしい子どもしか出てこないし、母は美しい、母は偉大だとくり返すばかり。もちろんキム・ジヨン氏は責任感を持って、可能な限りちゃんと子どもを育てていくだろう。だが、感心だとか偉大だとか言われるのはほんとに嫌だった。そんなことを言われると、大変だってことさえ言っちゃいけないような気がするから。

キム・ジヨン氏が結婚した年に、自然なお産に関するドキュメンタリーがテレビで放送され、それに関連する本も出版されて自然なお産ブームがやってきた。できるだけ医療を介入させず、母子が主体となって自然に子どもを産もうというのだ。だが、お産には二人の人間の命がかかっている。キム・ジヨン氏自身は専門家のサポートを受けて出産するのが安全だと思い、病院を選択した。出産方法は両親の価値観と経済状態によって判断すればよく、どれがいいとか悪いとか言うようなものではない、という立場だった。しかし少なからぬメディアが、因果関係も明らかではないのに、病院での処置や薬物は子どもに悪影響を及ぼす可能性があるとして母親に罪悪感や不安感を抱かせるのだった。ちょっと頭が痛くてもすぐに鎮痛剤を飲む人や、ほくろ一つ取るにも皮膚麻酔軟膏を使う人たちが、子どもを産む母親には、痛みもしんどさも死ぬほどの恐怖も喜んで受け入れて勝ち抜けというのである。それが母性愛であるかのように。母性愛は宗教なんだろうか。天国は母性愛を信じる者のそばにあるのか。

「いつもおかゆをありがとう。お母さんがいなかったら、飢え死にするかも」

キム・ジヨン氏はお礼だけ言った。今になって母親に言えるのは、それぐらいだったから。

入社時の同期だったカン・ヘス氏が一日休暇を取ったと言って、子どもの下着やおむつ、そしてリップグロスを持ってキム・ジヨン氏の家に遊びに来てくれた。

「このグロスはなあに?」

「私が今、してるのと同じやつ。いい色でしょ? 私たち肌の色が似てるから、合う口紅の色も似てるじゃない」

母親だって女なんだからとか、家でごろごろしてないでちょっとはきれいにしなさいよとか、そんなことを言わないのが嬉しかった。あなたに似合うと思うからプレゼントするね、で終わり。すっきりしたもんだ。キム・ジヨン氏は嬉しくなって、まずグロスを開けて塗ってみた。それはほんとにキム・ジヨン氏によく似合ったので、さらに気分がよくなった。

二人は中国料理店からジャージャー麵と酢豚の出前をとって食べながら、積もる話にたっぷりと花を咲かせた。キム・ジヨン氏は合間合間に娘のチョン・ジウォンちゃんにおっぱいを飲ませ、離乳食を食べさせ、おむつを替え、泣いているのを抱っこして家の中を歩き回ったりした。カン・ヘス氏は、怖くてできないと言って赤ちゃんには手も触れなかったが、電子レンジで離乳食を温めてくれ、おむつを持ってきてくれ、空いた食器を片づけてくれた。眠ったジウォンをひとしきり不思議そうに見ながら、カン・ヘス氏は言った。

「とってもかわいくて、いい子だね。だからって私も産んで育てたいとは思わないけど」

「うん、かわいい、いい子だよ。だからってあなたも産んで育てなさいよとは言わないけど、ほんとに絶対そうじゃないけど、もしも出産することになったら、ジウォンの服をきれいに取っておいて、あげるからね」

「でも男の子だったら？」

「ねえ、ベビー服がどんなに高いか知ってる？　お下がりがもらえるんだったら、ピンク色でもウンチ色でも選り好みしなくなるよ」

カン・ヘス氏はけらけら笑った。キム・ジヨン氏は、それにしてもどうして全休が取れたのか、最近は仕事が減ってるのかと尋ね、カン・ヘス氏は、このところ会社がもう大変なことになってて、めちゃくちゃなんだと言った。オフィスのあるビルの女子トイレに盗撮カメラがしかけてあったというのである。ビルの警備員をしている二十代の男性のしわざだった。一昨年だったか、入居者会議で新しい警備会社と契約することに決まり、ビルの入り口の守衛のおじいさんたちが若い警備員に全とっかえになったのだった。あのとき、若い人の方が絶対安心だと言った人もいれば、泥棒より警備員の方が怖いと言った人もいた。キム・ジヨン氏は、じゃあ、あの守衛のおじいさんたちはどこへ行ったんだろうと考えたものだったが。

もっと情けないのは、盗撮カメラの存在が明らかになった経緯だ。警備員は、盗撮した写真をあるアダルトサイトに一枚一枚アップしていたのだが、そのサイトの会員だった男性の係長が問題の写真を発見したのだ。係長は、そこに映っているトイレの構造や女性たちの服装に何となく見覚えがあるような気がしていたが、やがて同僚だと気づいた。ところが彼は警察に通報したり被害者に知らせたりせず、他の男性社員たちと写真をシェアしていたのである。どんな写真を、何人の男性が、どれくらいの期間シェアしていたのか、それを見てどんな話をしていたのかはまだ明らかになっていない。ともあれ、写真を見た他の男性社員が、つきあっていた女性社員に他の階のトイレを使えとしきりに言うので、不審に思った彼女が恋人を追及して、すべてを知るに至ったのだ。だが彼女も、すぐには公にしなかった。つきあっていることを内緒にしていたためである。悩んだ末に彼女は仲のいい同僚にだけ事実を話したのだが、その相手がまさにカン・ヘス氏だった。

「私が女の人たちに全部知らせたの。一緒にトイレに行って盗撮カメラも見つけたし、警察にも通報した。今、その頭のおかしい警備員も、写真を見てたうちの会社の変態男たちも、警察の取り調べを受けてるよ」

「ああ、ひどい。ほんとひどい」

キム・ジヨン氏はそれしか言えなかった。そしてその瞬間、じゃあ私も撮られたのか、会社の人たちがそれを見たのか、今もインターネットに出回ってるのではないかという疑いが湧き上がってきた。それに気づいたのか、カン・ヘス氏は、盗撮カメラが設置されたのは今年の夏だから、キム・ジヨン氏の退職後だと教えてくれた。

「私、実は精神科に通ってるんだ。何ともないふりしてわざと大声で笑ったりしてるけど、ほんとは気が変になりそうだよ。知らない人と目が合っても、あの人も私の写真を見たのかなって思うし、誰かが笑うと私をばかにして笑ってるような気がするし、世の中の人が全員、私に気づいてるみたいでね。女性社員のほとんどが薬を飲んだりカウンセリングを受けたりしてるのよ。ジョンウンは睡眠薬を飲んで救急搬送されたたし、総務の二人と、チェ・ヘジさんとパク・ソニョンさんは辞めちゃったし」

もしもあの会社にずっと行っていたら、キム・ジョン氏も盗撮されていたのだ。他の女性社員と同じように不安になり、病院に通い、そして辞めたかもしれない。下着をおろしたところの写真が出回るなんてことが、普通の人たちにこんなにも簡単に起きるとは思わなかった。トイレに盗撮カメラをしかけた警備員と、写真をシェアしていた男性の同僚たち。カン・ヘス氏はもう、世の中のどんな男も信じられないような気がすると言う。

「だって、取り調べを受けた男性社員が私たちに、あんまりだって言うんだよ。自分たちがカメラをしかけたわけでもないし、写真を撮ったわけでもないのに、誰でも見られるサイトにアップされた写真をちょっと見ただけで性犯罪者に仕立ててあげようとしてるって言うの。だけどあの人たち、写真をシェアしたんだよ、犯罪を幇助したんだよ？　なのにそれが悪いことだとも思ってないのよ。ほんとに、なーんにも考えてないんだから」

現在はキム・ウンシル課長と、まだ気を確かに持っている被害者何人かが集まって、女性団体に相談しながら対応しており、キム・ウンシル課長は希望する女性社員をごっそり引き連れて別会社を立ち上げる準備をしている。明確な謝罪と再発防止の約束、責任者の処罰を要求したが、男性である社長が事態を隠蔽しようとしているからだ。こんなことが知れわたったら会社がどうなると思う、男性社員にもみんな家庭があり両親がいるのに、人の人生を台無しにしたらすっきりするのか、と言うのだそうだ。君たちにしたって、写真が出回ったことが噂になったら、良いことはないじゃないかと。社長は、同年代の韓国男性に比べれば感覚も考え方も若い方だった。その社長の口から飛び出した、あまりに見えすいた、自分勝手で自己防衛的な暴言に、キム・ウンシル課長はがまんにがまんした末、一言だけ言った。

「家庭があることも両親がいることも、そんなしわざを許す理由ではなく、そんなことをしてはいけない理由ですよ。社長の考え方から変えていただかないと。そんな価値観でずっと社会を渡っていったら、今回は運よく逃げきれても、似たようなことがまた起きます。今までにセクハラ予防教育をまともに実施してこなかったことはご存じじゃないですか？」

事実、キム・ウンシル課長も恐怖を感じていたし、疲れていた。キム・ウンシル課長もカン・ヘス氏も、一緒に悩んでいる被害者たちも全員、早くこの問題に片をつけて日常に戻りたいと願っていた。加害者が小さなものを一つでも失うことを恐れて戦々恐々としている間に、被害者はすべてを失う覚悟をしなくてはならないのだ。

一歳を少し過ぎ、保育園に通いはじめたチョン・ジウォンちゃんは、意外に早く環境の変化に慣れた。九時三十分までに団地の一階にある保育園に行き、おやつを食べ、ちょっと遊び、お昼ごはんを食べ、一時前に家に帰ってきてシャワーを浴び、昼寝をする。送り迎えの時間を別にすると、キム・ジヨン氏には三時間ほど余裕ができたことになる。だからといってその時間が完全にキム・ジヨン氏の休息時間になるわけではない。大急ぎで洗濯機を回し、たまった皿洗いをし、家を片づけ、子どものおやつとおかずを作るのだから、落ち着いてコーヒー一杯飲める日は少なかった。

実際、〇〜二歳の子どもを育てている専業主婦の余暇時間は一日に四時間十分程度であり、子どもを保育施設に預けている主婦の余暇時間は四時間二十五分で、十五分しか差がない（原注19）。子どもを保育施設に預けたから主婦がゆっくり休めるわけでもないという意味だ。子どもを見ながら家事をやるか、子どもがいない状態で家事をやるかの違いがあるだけだ。もちろんキム・ジヨン氏は、安心して家事にじっくり集中できるだけでもほんとうに助かった。

保育園の先生は、ジウォンちゃんは聞きわけもいいし、よくなじんでいるから、お昼寝もさせて、もうちょっと長く預けても大丈夫だろうと言った。当分はお昼ごはんのあとすぐに迎えに行きますと答えたが、もう少し長く預けることが可能なら、何か始めたいなとキム・ジヨン氏は思った。

ジウォンが生まれる前、チョン・デヒョン氏とキム・ジヨン氏は共働きをしながら節約して、マンション入居時に受けた融資を全額返済した。でも、契約期間の二年が過ぎると大家が、周辺の不動産価格の上昇に合わせて保証金を六〇〇〇万ウォン値上げしたため、二人はまた融資を受けなくてはならなかった。チョン・デヒョン氏の収入だけでは、保証金や追い立ての心配をせずに三人家族が楽に暮らせる小さな家を構えることはおぼつかなかったのだ。ジウォンちゃんが大きくなって幼稚園や幼児教室などに行くようになったら、その費用をまかなうのはもっと大変になるだろう。キム・ジヨン氏は、お金を稼がなくてはという焦りを強く感じていた。家賃も、物価も、教育費も、際限なく上がり続けている。親から多くの資産を譲り受けた人か、ごく少数の高所得専門職でもない限り、みんな生活は厳しい。

キム・ジヨン氏のまわりにも、子どもを保育施設に預けて復職した母親たちがたくさんいた。もともと働いていた業種でフリーランスになる人もいれば、幼児教室の先生や塾講師を務めたり、低学年向けの小さな塾を始めるなど子ども関係の仕事につく人もいたが、レジ打ち、飲食店の店員、浄水器管理、電話相談などの各種パートタイムで働くケースがいちばん多かった。会社を辞めた女性の半分以上が、五年経っても新しい勤め先を見つけられずにいるのが実情だ。やっと再就職しても、職種も雇用形態も下方修正されることが多い。退職以前の職場と比較すると、再就職時には四人以下の規模の零細企業で働く比率が二倍に増え、製造業と事務職が減る半面、宿泊業、飲食店、販売職が増える。賃金もまた、上がるわけがない（原注20）。

無償保育が始まってから〔二〇一三年から〇～五歳児の保育が無償化された〕、母親たちが子どもを保育園にやってコーヒーを飲んだり、ネイルケアを受けたり、デパートでショッピングしたりしているといわれていた。だが、今の大韓民国でそんな経済力のある三十代女性はごく一部だ。最低賃金で雇われて食堂やカフェで飲食物を運び、他人の爪の手入れをし、スーパーやデパートで品物を売る母親たちの方がずっと多いのだ。娘が生まれて以来、キム・ジヨン氏は同年代の働く女性に会うたび、子どもはいるのか、いるなら何歳か、誰に預けているのか気になって仕方ない。不況、物価高、劣悪な労働環境……こういった困難は男女問わずふりかかることなのに、そんな当然のことも認めようとしない人がたくさんいる。

キム・ジヨン氏は娘を保育園に連れていった帰り道で、おかずの材料を買いにスーパーに寄り、スーパーの入り口のアイスクリーム店で平日のアルバイト求むという広告を見た。午前十時から午後四時まで。時給五六〇〇ウォン〔本書執筆当時二〇一五年のレートでは日本円で約六百円〕。主婦歓迎。そんな言葉がパッと目に飛び込んできた。今働いている店員も主婦らしい。わざわざアイスクリームを一つ買って食べながら求人広告について聞いてみると、親切に説明してくれた。自分も二人の子どもの母親だが、子どもたちを保育園に入れて四年近く働いているという。上の子が小学校に入学するため辞めるのだと言って、かなり残念がっていた。

「ビルの中のお店だから、平日はお客さんも少ないし、寒くなったらもっと暇ですよ。アイスクリームを盛ってると初めのうちは腕がちょっと痛いけど、だんだんコツがわかってくれば大丈夫です」

「でも本来は、二年以上働いたら正規職に転換させないといけないんじゃないですか?」

「あらー、そんなうぶなこと言っちゃって。労働契約書を交わしたり、四大保険に加入したりしてくれるアルバイト先なんて、ありませんよ。明日から来てください、わかりましたって口約束して、自分の通帳か夫の通帳に適当に入金されて、そんな感じでしょ。それでも私は長く勤めたから、退職金をくれるんですって」

同じ母親だからか、キム・ジヨン氏が世間知らずだと思ったからか、店員は気にとめてくれたようだった。子どもが保育園に行っている間にできる仕事は多くない、こんなに良い職場はない、いったん広告は取り下げておくから、考えてみて早めに連絡をくださいと言ってくれた。キム・ジヨン氏が夫と相談してみますと答えて帰ろうとすると、店員が言った。

「私も、大学は出てるんですよ」

いきなりそう言われてキム・ジヨン氏はあわててしまい、それから寂しくなった。頭の中で店員のその言葉がぐるぐる回った。夜遅く帰宅したチョン・デヒョン氏に意見を聞いてみると、彼はしばらく時計を見ながら考えていたが、こう聞き返した。

「やりたい仕事なの？」

ほんとのところ、キム・ジヨン氏はアイスクリームがそれほど好きでもなかった。アイスクリームに関心もないし、これから外食産業の勉強をしたり、そうした業種の仕事につくだろうとも思えない。それに、まじめにアルバイトしても、正規職になったり、マネージャーになったり、希望する部署で働けるわけでもない。時給はおそらく毎年、最低賃金の上昇分とぴったり同じ額が加算されるだけだろう。未来のない仕事だった。でも、目前のメリットはリアルにキム・ジヨン氏に迫ってきた。平凡な月給取りの家庭で、七十万ウォン近い月収は決して無視できない。保育園以外の育児サービスを受けなくてもよく、適当に育児や家事と両立できる。だから簡単にはあきらめがつかないのだ。

「やりたい仕事なの？」

チョン・デヒョン氏がまた尋ね、キム・ジヨン氏はそうではないと答えた。

「もちろん、やりたい仕事ばかりやって生きていけるわけじゃないよな。でもさジヨン、僕は、自分がやりたい仕事をやっているのに、君がやりたい仕事がやれないのは嫌だし、ましてやりたくもない仕事をやれなんて言えないよ。とにかく、今の僕の考えはそういうことだ」

キム・ジヨン氏は十年ぶりに、進路について悩むことになった。十年前には適性と関心が最大の勘案事項だったが、今度はそれよりはるかに多くの条件を考えあわせなくてはならない。最優先は、ジウォンちゃんを極力、自分だけで育てられること。ベビーシッターを雇わず、保育園に預けるだけで働けることだ。

広告代理店で働いているときから、キム・ジヨン氏はいつも記者になりたかった。現実にマスコミ関係の会社に採用されて正社員になるのは難しいだろうが、フリーライターなら挑戦できるんじゃないかと思った。何かを始めるんだと思うと、久しぶりにわくわくする。キム・ジヨン氏はまず、その関係の教育機関を調べてみた。ところが授業の大部分は夜に行われている。会社員が仕事帰りに通うのに適した時間設定になっているのだ。その時間帯だともう保育園は終わっている。夫が定時に上がって帰宅するや否やバトンタッチして出かけても、授業の半分ぐらいは聞き逃してしまう。授業の間だけベビーシッターを頼もうかと調べてみると、短時間、短期間のシッターを見つけるのはさらに難しい。まだ仕事になってもいないのに、仕事につくための授業を受けるにもベビーシッターが必要だという事実にもう疲れてしまった。授業料にシッター代を加えたらあまりに大金で、負担が大きすぎる。

昼間の講座のほとんどは趣味の教室か、または読書指導、作文指導、歴史指導など、子ども対象の講師の資格を取るためのクラスだった。余裕のある人は趣味に生き、余裕のない人は自分のでも他人のでも、子どもに何か教えてろというわけか。子どもを産んだというだけで興味や才能まで制限されたような気持ちになってしまう。弾んでいた心はしぼみ、無気力さが押し寄せてきた。遅ればせながらアイスクリーム店に行ってみると、もう新しいアルバイトの人が働いている。キム・ジヨン氏は、これからは時間と条件の合うアルバイト先を見つけたら、業種に関係なく何でもやらなくちゃと思った。

暑さが完全に過ぎ去り、もうすっかり秋といっていい日が続いていた。キム・ジヨン氏は保育園にジウォンちゃんを迎えに行き、ベビーカーに乗せた。寒くなる前にお日様と風を浴びさせてやろうと思い、近くの公園にベビーカーを押していくと、子どもはベビーカーの中で眠ってしまった。このまま家に帰ろうかと思ったが、天気が良かったので歩きつづけた。公園の向かいのビルの一階に新しくカフェができ、割引サービスをやっている。キム・ジヨン氏はコーヒーを一杯買って、公園のベンチに座った。

ジウォンは口元に透き通った大きなよだれをたらしながら眠っており、久しぶりに外で飲むコーヒーは美味しかった。すぐ横のベンチには、三十歳前後と思われる会社員たちが集まって、キム・ジヨン氏と同じカフェのコーヒーを飲んでいた。サラリーマンの疲労も憂鬱さもしんどさもよく理解しているけれど、それでもなぜか羨ましくて、しばらくそちらの方を見てしまった。そのときベンチに座っていた一人の男性が、キム・ジヨン氏をじろっと見て、仲間に何か言った。正確には聞きとれなかったが、途切れ途切れの会話が聞こえてきた。俺も旦那の稼ぎでコーヒー飲んでぶらぶらしたいよなあ……ママ虫（育児をろくにせず遊びまわる、害虫のような母親という意味のネットスラング〕もいいご身分だよな……韓国の女なんかと結婚するもんじゃないぜ……。

キム・ジヨン氏は熱いコーヒーを手の甲にこぼしてしまった。そして急いで公園を抜け出した。途中で子どもが起きて泣いたが、かまわず無我夢中でベビーカーを押し、家まで走った。午後のあいだ茫然として過ごし、子どもに温めていないスープを飲ませ、おむつ替えをすっかり忘れていたので洋服をダメにし、洗濯機を回していることを忘れ、ジウォンが眠った後でしわくちゃになった洗濯物を乾かした。接待を終えて十二時すぎに帰ってきたチョン・デヒョン氏が買ってきたたいやきの袋をテーブルに置いたときになって初めて、自分がお昼も夜も何も食べていないことに気づいたのである。キム・ジヨン氏が何も食べていないことを告げると、チョン・デヒョン氏がどうしたのかと尋ねた。

「ママ虫なんだって、私」

その答えに、チョン・デヒョン氏は長いため息を漏らした。

「そんな書き込み、全部、小学生が書いてるんだよ。インターネットに出てくるだけで、実際に言う人なんかいないよ。誰もそんなこと思ってない」

「違うよ。さっき私、この耳で聞いたもん。あそこの道渡ったところの公園で、三十歳ぐらいの、スーツ着て会社に行ってるちゃんとした男の人たちが、私にそう言ったよ」

キム・ジヨン氏は昼間にあったことを夫に話した。あのときはただもうめんくらい、恥ずかしくて、逃げたい一心だったが、もう一度状況を思い返してみると、顔がかっと熱くなり、手が震えてきた。

「あのコーヒー、一五〇〇ウォン〔約一五〇円〕だよ。あの人たちも同じコーヒー飲んでたんだから、いくらだか知ってるはずよ。私は一五〇〇ウォンのコーヒー一杯も飲む資格がないの？　ううん、一五〇〇ウォンじゃなくたって、一五〇〇万ウォンだって同じだよね。私の夫が稼いだお金で私が何を買おうと、そんなのうちの問題でしょ。私があなたのお金を盗んだわけでもないのに。死ぬほど痛い思いをして赤ちゃん産んで、私の生活も、仕事も、夢も捨てて、自分の人生や私自身のことはほったらかして子どもを育ててるのに、虫だって。害虫なんだって。私、どうすればいい？」

チョン・デヒョン氏は黙ってキム・ジヨン氏の肩を抱いた。何と言ったらいいのかわからなかった。ただ背中をたたきながら、違うよ、そんなふうに思わないで言うばかりだった。

キム・ジヨン氏はときどき別人になった。生きている人にもなったし、死んだ人にもなったが、それはどちらもキム・ジヨン氏の身近な女性だった。どう見ても、いたずらをしているとか人をだまそうとしているようではなかった。ほんとうに完璧に、まるきり、その人になっていたのである。

二〇一六年

キム・ジヨン氏とチョン・デヒョン氏の話を元にキム・ジヨン氏の人生をざっと整理してみると、以上のようになる。キム・ジヨン氏は週に二回、四十五分ずつカウンセリングを受けており、症状が現れる頻度は落ちたが、完全に消えてはいない。私は当面のうつ症状と不眠を和らげるために抗うつ剤と睡眠剤を処方した。

初めてチョン・デヒョン氏の話を聞いたときは、本でしかお目にかかったことのない解離性障害かと思ったが、キム・ジヨン氏に直接会ってみると、産後うつに引き続いて育児うつを起こした非常に典型的な事例だと思われた。だが、カウンセリングを続けていくうちに、その確信は薄れていった。それは、キム・ジヨン氏が閉鎖的であるとか、拒否反応を見せたということを意味しない。キム・ジヨン氏は現在、苦痛や不満を訴えることもなく、幼年時代の傷を反芻することも少ない方だ。先に口を開くことはないが、一度話しはじめるとかなり深層の部分まで自分から掘り下げ、筋道を立てて淡々と話してくれる。キム・ジヨン氏が自ら選んで私の前に広げてみせてくれた人生の場面場面を聞いてみて、私は自分の診断が性急だったことを悟った。間違っていたという意味ではない。私がまるで考えも及ばなかった世界が存在するという意味である。

私が普通の四十代の男性だったら、このようなことはついに知らずに終わっただろう。だが私は、大学の同期であり、私より勉強ができ、高い意欲を持つ眼科専門医だった妻が教授になることをあきらめ、勤務医になり、結局仕事を辞めていく過程を見ながら、大韓民国で女性として、特に子どもを持つ女性として生きるとはどんなことであるかを知っていた。実際、出産と育児の主体ではない男性たちは、私のような特別な経験やきっかけがない限り、そんなことを知らなくて当然だろう。

妻の場合、義理の両親は地方におり、実の両親はアメリカにいたので、保育園と、しばしば入れ替わるベビーシッターたちに子どもを順ぐりに預けて、一日一日、文字通り頑張って持ちこたえてきた。とうとう小学校に入った子どもは、授業が終わると午後は学童保育で過ごし、その後、迎えに来てくれる師範の先生と一緒にテコンドー教室に行き、テコンドーや縄跳びを習いながら母親の迎えを待っていた。妻はやっと一息つけそうだと言っていた。ところが夏休みに入る前に、早くも妻が学校に呼びだされた。子どもが同じクラスの友だちの手の甲に、鉛筆の芯を刺したのだ。

授業中、歩き回ることが多い。自分のスープにつばを吐いてから飲む。友だちの向こうずねを蹴飛ばし、先生に罵声を浴びせる。妻は大きなショックを受けた。ときどき、保育園に行きたくない、お母さん仕事に行かないでと言って泣くことはあったが、いつも素直ないい子だと言われてきたのだ。たたかれたり嚙みつかれたりして悔しい思いをしたことはあっても、人をたたく心配はしたことがない。担任はＡＤＨＤ〔注意欠如・多動症〕ではないかと言い、私がいくら違うと言っても妻は聞き入れなかった。

「僕、精神科の専門医だよ。僕の言うことが信じられない？」

私をしばらくにらんでいた妻が答えた。

「診断は、患者に会って、目を見て、話を聞いて下すものでしょ。一日に十分もあの子と一緒にいないあなたに何がわかるの？　その十分だって、子どもじゃなくて携帯を見てるのに。寝てるところだけ見てもわかるの？　寝息だけ聞いてもわかるの？　神が降臨してるの、あなたには？　医者じゃなくてシャーマンなの？」

そのころ私は病院の拡張移転のためほんとうに忙しかった。携帯では主に業務関連のメールやメッセージをやりとりし、ついでにネットニュースを見たりしていたが、誓ってゲームやチャットをしていたわけではない。いずれにせよ妻の言うことはすべて事実だったから、私には返す言葉もなかった。子どもの散漫さと妻の仕事にはまったく因果関係がないと思われたが、担任は、低学年のときだけでもお母さんがそばにいてあげてくださいと勧め、妻は仕事を休むことにした。

妻は出勤していたころより早く起きて子どもの朝食を作り、子どもを起こし、自分で顔を洗わせ、食事をさせ、服を着せ、学校に連れていき、美術とピアノの先生を家に呼んだ。夜は子どもの部屋で、子どもを抱いて寝た。子どもの状態さえ良くなればまた働くつもりで、先輩に話してポストを確保しておいた。だが、しばらく経ってもなかなか好転しそうになかったので、先輩に取り消しの電話をした。

その年の最後の日だった。久しぶりに高校の同窓生たちと忘年会をして、かなり遅く帰宅すると、妻が食卓に向かって何か熱心に書いていた。近寄ってみると、問題集を解いている。カラフルな文字とかわいい絵や写真がページの半分を埋めている、小学生用の算数の問題集だ。

「何で君が宿題をやってるの？」

「今は冬休みよ。それに最近の小学校じゃ、問題集なんか宿題に出さないのよ。知らないだろうけど」

「じゃあ、何でやってるんだ？」

「ただやりたいからやってるの。このごろの算数って、私たちが子どものころのとは違うんだよ。すごく難しいし面白いの。これ、見てみて。本物のソウルの幹線バスの番号システムなんだけどね。この表と地図と路線図を見て、番号を当てるのが算数の問題なのよ。面白いじゃない？」

正直、寝ずにやるほど面白そうには見えなかったが、面倒だし眠かったので、私は適当にそうだねと言って先に寝た。

週末にゴミの分別をしながら見ると、小学校の算数の問題集がどっさりあった。全部、妻が解いたものだ。今までは、問題集がたくさん捨ててあるのを見ても、子どもが勉強を頑張ってるんだとばかり思っていた。妻のかわいい変わった趣味程度に思って見過ごすこともできただろうが、私は妙にひっかかった。妻は数学では秀才だった。学生時代はずっと数学のコンクール荒らしだったし、高校三年間、十二回の中間・期末試験の数学は全部満点で、大学入試の統一試験では一問間違えて残念だったという彼女が、何でこんな小学生の問題集ばかりやっているのだろうか。理由を聞くと妻はつまらなそうに、面白いからだと答えた。

「君のレベルでどうしてあれが面白いの？　幼稚じゃないか」

「面白い。すごく面白い。今の私にとって、思い通りになるのはあれしかないんだもの」

妻は今も算数の問題集を解いている。私は、妻にはあれより面白いことをやってほしいと思っている。得意なこと、好きなこと。それしかできないからではなくて、絶対やりたくてやるという仕事。キム・ジヨン氏もそうであってくれたら嬉しい。

デスクの上に置かれた小さな家族写真の額を見る。子どもの一歳のお祝いの写真だ。今とはまるで違うわが子の姿と、今とあまり変わっていない夫婦の姿。これが最後に撮った家族写真だと思うと突然、罪悪感のようなものが押し寄せてくる。そのとき誰かが診療室のドアをたたいた。まだ帰っていない人がいたらしい。カウンセラーのイ・スヨン先生がそっと入ってきて、小さなサボテンの鉢植えを一つ窓際に置くと、これまでありがとうございました、申し訳ありません、機会があればまた一緒に仕事をさせていただきたいと無難な挨拶をした。私も、残念です、ありがとう、きっとまたこの病院に帰ってきてくださいねと、心にもない返事をする。今日がイ先生の最後の出勤日なのだ。産婦人科医に、安静にして寝ているようにと言われたそうだが、何でこんなに遅くまで病院に残っていたのだろう。

「引き継ぎの資料を整理していたんです」

私があまり不思議そうな顔をしていたからか、尋ねもしないのにイ先生が先に答えてくれた。イ・スヨン先生は一年前、医療センター長の推薦でここに来た。最近、結婚六年めにしてやっと子どもを授かったのだが、状態が安定しないという。何度か流産の危機を乗り越えたイ・スヨン先生は、「いったん」仕事をやめることにした。初めのうちは私も、一、二か月休めばすむ話だろうに、あえて辞めなくてもと思ってすっきりしなかったのだが、考えてみれば出産時にまた休むのだし、その後も体調の問題や子どもの病気などで面倒なことになるかもしれない。むしろ辞めてもらってうまくいったと考えた方がいいだろう。

もちろん、イ先生は良いスタッフだ。顔は上品できれいだし、服装もきちんとしてかわいい。気立てもいいし、よく気がつく。私が好きなコーヒーのブレンドや、エスプレッソ量もちゃんと覚えていて、買ってきてくれたりする。職員にも患者にもいつも笑顔で挨拶し、優しい言葉をかけ、病院の雰囲気をひときわ明るくひきたててくれた。でも、急に彼女が辞めることになってみると、この病院の他のカウンセラーに引き継ぎする患者より、カウンセリングそのものをやめる患者の方が多かったのだ。病院としては顧客を失ったことになる。いくら良い人でも、育児の問題を抱えた女性スタッフはいろいろと難しい。後任には未婚の人を探さなくては……。

原注

原注1（二八頁）「性の鑑別と女児の堕胎が大っぴらに行われていた」……パク・ジェホン他『確率家族』（マティ、二〇一五年）五七～五八頁、「女性嫌悪の根は？」（『時事ＩＮ』４１７号）参考

原注2（二八頁）「三番め以降の子どもの出生性比は男児が女児の二倍以上だった」……「出産順位別出生性比」（統計庁）

原注3（二九頁）「当時は保険のおばさん～しかなかったという」……キム・シヒョン他『記録されない労働』（サムチャン、二〇一六年）二一～二九頁参考

原注4（三五頁）「娘たちは～男の兄弟を支えた」……パク・ジェホン他『確率家族』（マティ、二〇一五年）六一頁参考

原注5（四九頁）「最近の国民学校では女子の学級委員がすごく多いんだって。四〇パーセント以上だってよ」……「女だと全校会長になれないのですか」（『ハンギョレ新聞』1995. 5. 4）

原注6（五三頁）「一九八二年には女児一〇〇人あたり一〇六・八人の男児が生まれて～一九九〇年には一一六・五人となった」……「人口動態件数および動態率推移」（統計庁）

原注7（七六頁）「二〇〇一年には女性家族部が出帆した」……女性家族部ホームページ

原注8（八八頁）「二〇〇〇年代に、大学の学費の上昇率は物価上昇率の倍以上に達した」……「尋常でない学費闘争」（『連合ニュース』2011. 4. 6）

原注9（一〇三頁）「二〇〇五年、ある就職情報サイトで～女性採用比率は二九・六パーセントだった」……「キーワードで見た二〇〇五年就業市場」（『東亜日報』2005. 12. 14）

原注10（一〇三頁）「大企業五十社の～一人もいなかった」……（「新入社員採用時の容貌・性差別いまだに」（『連合ニュース』2005. 7. 11）

原注11（一〇六頁）「出産した女性勤労者の～十人中四人は育児休暇なしで働いている」……ユン・ジョンへ「育児休暇制度活用の現況と示唆点」（『雇用動向ブリーフ2015. 7』）

原注12（一〇六頁）「二〇〇六年に～一八・三七パーセントになった」……『二〇一五年雇用労働白書』（労働部）八三～八四頁

原注13（一三七頁）「二〇一四年の統計によれば～六三万三〇〇〇ウォンだった」（「Gender wage gap」, OECD, 2014）

原注14（一三七頁）「英国の『エコノミスト』誌が～働きづらい国に選ばれた」（The Economist Home Page, 3 March 2016, 〈http://www.economist. com/blogs/graphicdetail/2016/03/daily-chart-0〉）

原注15（一四四頁）「二〇〇八年一月一日から施行された」……「戸主制廃止：戸主制、壁を越えて平等な世の中へ」（『参与政府政策報告書』二〇〇八年）参考

原注16（一四四頁）「しかし、子が母親の姓を～毎年二百件内外にすぎない」……「父母が決定した私の姓、平等か」（『女性新聞』2015. 3. 5）

原注17（一六一頁）「大韓民国の既婚女性五人のうち一人が～職場を離れた」……「二〇一五年　統計で見る女性の生活」（統計庁）

原注18（一六一頁）「二十～二十九歳の女性の～また六六・七パーセントに増加する」……チェ・ミンジョン「キャリア断絶女性支援政策の現況と課題」（『保健福祉フォーラム2015. 9』）六二頁

原注19（一七五頁）「〇～二歳の子どもを育てている専業主婦の～十五分しか差がない」……「専業主婦の終末」（『ハンギョレ21』第九四八号）参考

原注20（一七七頁）「会社を辞めた女性の半分以上が～賃金もまた、上がるわけがない」……キム・ヨンオク「キャリア断絶女性の現況と政策課題」（『2015KEIS労働市場分析』）

著者あとがき

キム・ジヨン氏がほんとうにいて、どこかに住んでいるような気がしきりにします。私の周囲の女友だち、女性の先輩後輩、そして私自身にもよく似ているからでしょう。事実、これを書きながらずっとキム・ジヨン氏がいじらしく、またじれったく思えました。けれども、そのように育てられ、そのように生きてきたために、ほかに方法がなかったということもよく知っています。私もそうだったのですから。

つねに慎重に正直な選択をしてきて、その選択のもとに最善を尽くしてきたキム・ジヨン氏には、正当な補償と応援が必要だと考えます。もっと多様な機会と選択肢が与えられなくては、と思うのです。

私にはジウォンより五歳年上の娘がいます。大きくなったら、宇宙飛行士か科学者か作家になりたいそうです。娘が生きる世の中は、私が生きてきた世の中より良くなっていなくてはなりませんし、そう信じ、そのようにするために努力しています。世の中のすべての娘たちがより大きく、より高く、より多くの夢を持つことができるよう願っています。

二〇一六年秋

チョ・ナムジュ

日本の読者の皆さんへ

この小説を書きはじめた二〇一五年、韓国では多くの事件がありました。道徳観念のない女性たちが、ＭＥＲＳ（中東呼吸器症候群）にかかっているのに隔離を拒否したという噂が流れました。もちろん事実ではありません。女性をばかにする暴力的な言葉を使ったお笑い芸人が番組を降板しました。母親を虫にたとえる「ママ虫」という造語が生まれました。韓国最大のポルノサイトにおいて、盗撮やレイプの共謀などの話題が公然とやりとりされていたことが明らかになりました。

私は、誰も女性だからという理由で卑下や暴力の対象になってはならないと考えてきました。女性たちの人生が歪んだ形で陳列され、好き勝手に消費されていると感じました。女として生きること。それにともなう挫折、疲労、恐怖感。とても平凡でよくあることだけれど、本来は、それらを当然のことのように受け入れてしまってはいけないのです。そういう物語を書きたいと思い、そこから『82年生まれ、キム・ジヨン』という小説は始まりました。

この小説はありがたいことに韓国で多くの読者に出会うことができました。そして、読者イベントやお手紙、ブックレビューを通して読者自身の話を聞かせてもらうこともできました。キム・ジヨン氏より年上の女性たちも、若い女性たちも、この小説はまるで自分の話のようだと言っています。共通する経験、そのときには気づかなかった感情、似ているようで違っているそれぞれの選択……おかげで女性たちの多様な物語が世の中に現れ、大きな意味を持って受け入れられました。

女性たちをとりまく世界は変わりつつあります。#MeToo運動はハーヴェイ・ワインスタインをはじめ、性犯罪を犯した政界・文化界の大物たちを追い出しました。アイルランドは国民投票によって、妊娠十二週までは制限なく妊娠中絶を許容しました。賃金公開制度を実施する国家が増えています。韓国の女性たちもまた、メディアによる性の商品化を指弾し、家父長的な慣習に叛旗を翻し、自分が経験した性暴力を暴露して厳重な処罰を要求しています。
日本の読者の方々にとっても『82年生まれ、キム・ジヨン』が、自分をとりまく社会の構造や慣習を振り返り、声を上げるきっかけになってくれればと願っています。あなたの声を待っています。

二〇一八年秋

チョ・ナムジュ

文庫版に寄せて　著者からのメッセージ

キム・ジヨンさんは三十三歳でした。私がこの小説の書きはじめの文章を記した、二〇一五年のことです。韓国で本が出たときには三十四歳、日本で本が出たときには三十六歳、そしてもう四十代になるわけです。「八二年生まれ」のキム・ジヨンですからね。でも、本当に不思議な感じです。私にとってのキム・ジヨンさんはまだ三十四歳の、赤ちゃんを育てているお母さんです。

しばらくの間、キム・ジヨンさんは再就職したかな、マイホームは購入したかな、子どもは学校に上がったかなと考えたりしていました。でもいつからか、そんな想像がつかなくなりました。私にとって「キム・ジヨン」は一人の女性の名前ではなく、「まじめで必死だったけれど、どうにもならなかったころ」の代名詞なのです。女性にはみんなそういう時期がありますよね。私にもありましたし、もしかしたら今もそうなのかもしれません。

機会があるたびに、「『82年生まれ、キム・ジヨン』は私をいっそう良い人間にしてくれたし、世の中が少しでも良くなるために役に立っただろう」と語ってきました。そうだと信じていた、というより、そうであることを望んだのだと思います。実はいつも自信がなかったし、今もそうです。現実はあまりにも早く変わるのに、小説はいつも同じ状況にとどまっているのですから。特に二〇二二年の韓国は、時間が逆に流れている気分です(註)。キム・ジヨンさんは今も、ましにもならず悪くもなりもせず、何かを選択することもそこを去ることもせず、問いかけもしないし答えもしません。答えを探すのは、小説の外を生きていく私たちの役目であるようです。ただ、私にとってそうだったように、読者の皆さんにとっても「キム・ジヨン」が何らかの意味であってくれたらと思います。それはある時代の名前かもしれないし、共感の対象かもしれないし、何かに気づく瞬間かもしれないし、必要な記録かもしれないですね。

荒涼とした砂漠を顔に持った女の人。『82年生まれ、キム・ジヨン』日本語版を初めて受け取ったときの、未知のものとの出会いに高鳴る気持ちを覚えています。韓国語で書いた韓国人女性の物語が、日本の読者たちとどのようにして影響を与え合うことができるのか知りたいと思いました。そして今は、二〇一五年に書かれた物語が現在も、未来も、読者に出会いつづけることができるのか知りたいと思っています。

『82年生まれ、キム・ジヨン』を読んでくださってありがとうございます。軽くなった本を、重くなった心で贈ります。

二〇二二年秋

チョ・ナムジュ

註　二〇二二年、女性家族部の廃止など反フェミニズム的な公約を掲げた尹錫悦《ユン・ソギョル》が当選して大統領に就任した。詳しくは文庫版訳者あとがきを参照。

解説——今、韓国の男女関係は緊張状態にある？

伊東順子

『82年生まれ、キム・ジヨン』は二〇一六年秋の韓国での刊行以来、百万部という驚異的な売れ部数を誇るベストセラー小説である。

「これは、まさに私の話です！」

読者層の中心である二十〜三十代の女たちは力を込め、しかし、男たちはなぜか小声になる——というのが、二〇一八年九月現在の本書を取り巻く韓国の状況だ。確かにこの小説は男たちにとって怖い本かもしれない。彼らの背筋がひんやりする理由は、この解説の最後に書く。

著者のチョ・ナムジュさんは放送作家で、主にテレビの時事番組の仕事などをしていたという。巻末のプロフィールにある「ＰＤ手帳」は、韓国で社会派として知られる番組の一つである。

チョさんは、子育て中にこの小説を書き上げた。きっかけとなったのは、見知らぬ男性から投げつけられた「マムチュン」というヘイト発言だった。小説では主人公のキム・ジヨンの体験として書かれている。

「俺も旦那の稼ぎでコーヒー飲んでぶらぶらしたいよなあ……ママ虫もいいご身分だよな」

「マムチュン」は日本語版では「ママ虫」と訳されているが、韓国でのニュアンスは非常に侮辱的な言葉である。母親を害虫のように表現する、元はネットスラングだった。

韓国も日本と同じく、インターネットの世界はヘイトスピーチで溢れている。そこで生まれた言葉が、いつのまにか日常世界を侵食し、ついに自分に向かって吐きかけられる。その衝撃はどれほどのものか。著者の分身でもあるキム・ジヨンには、それをきっかけに異常行動が表れ、夫に連れられて精神科を受診することになる。小説は、その担当医が書いたカウンセリングの記録という体裁をとっている。

このエピソードは、私にとって別の意味でもショッキングだった。韓国で四半世紀を暮らしながら、この国の良い所も悪い所も見てきた。その中で、こと子育て中の母親に関しては、韓国の人々の方が圧倒的に優しいと思ってきたからだ。私自身の子育て経験でも実感したし、日本から来た友人たちも異口同音にそう言っていた。「地下鉄でもレストランでも、日本だと子連れは肩身が狭いけど、韓国はみんなが親切にしてくれるから本当にありがたいよね」

今も、その印象は変わらない。殺伐とした東京の地下鉄に比べれば、まだソウルの方が人情味があると思う。でも、私たちの目に映っている韓国社会も、すでに一部で壊れ始めているのかもしれない。

女性嫌悪とカウンター

『82年生まれ、キム・ジヨン』が、二〇一六年に、フェミニズム小説としては異例のベストセラーとなった背景として、韓国の論者の多くは同年五月に起きた「江南《カンナム》駅通り魔事件」に言及する。ソウルで有数の繁華街の一つである江南駅付近の商業ビルのトイレで、当時二十三歳だった女性が見知らぬ男性の凶器によって命を奪われるという、とても痛ましい事件だった。

ところで、現場で逮捕された犯人が警察官に「社会生活で女性に無視された」と語ったことで、韓国社会は騒然とした。「これは明白な女性嫌悪犯罪（ヘイト・クライム）」であると感じた女性たちが、その夜のうちにツイッター等で犠牲者への追悼を呼びかけた。

「江南駅10番出口に一輪の菊の花と一枚のメッセージを」

翌朝から10番出口には追悼の人々が集まり、付箋に書き込まれた追悼のメッセージが貼られていった。多くは被害者と同年代の若い女性だったが、中にはガールフレンドと共に訪れた若い男性や、小さな娘を連れた若い父親など、少数ながら男性の姿もあった。

ある父親は「いたたまれません。自分の娘たちのことを考えても」といい、付箋に「男も女も仲良く平和に暮らせるように」と書いていた。

女性たちは現場近くの公道で追悼集会やデモも行ったが、一般市民の理解は追いつかなかった。「女性嫌悪」（ミソジニー）という言葉が、韓国社会一般で広く認知されたのはこの事件以降であり、迅速に行動した若い女性たちとは「認識の時差」があったのだ。

認識の時差は、世代と性別によるものだった。日常的にインターネットに接する若者たちは、社会の一角に極端な女性嫌悪があることを知っていたし、なかでも女性たちは実際の被害にもあっていた。有名なのは、日本の2ちゃんねるにも似た「日刊ベスト貯蔵所」（通称「イルベ」）というサイトである。ここは文字通り女性に対するヘイトスピーチの貯蔵庫になっていた。

ネットの影響力は若い世代では圧倒的だった。江南駅事件の前年、二〇一五年にも十九歳の青年が、「現代は男性が性差別を受ける時代。僕はフェミニストを憎む。だからISISが好きだ」という発言をツイッターに残してシリアに渡るという、大人たちの理解を超える事件が起きていた。さらに、当時、流行したMERS（中東呼吸器症候群）は、香港を旅行していた「無節操な女性たち」が韓国に持ち込んだものだというデマがネット上に流れるや、ついに女性たちの堪忍袋の緒が切れた。

男性用ポータルサイト内に作られた女性コミュニティ「メガリア」は、これまでにない形のカウンター行動を起こした。その一つは女性へのヘイト発言を、そのまま男性への発言に置き換えて鏡のように見せるという、ミラーリングという手法だった。また彼女たちの運動は二〇一六年四月、女性の性被害と直結する不法ポルノサイトを閉鎖に追い込むなど、現実社会でも具体的な結果を出していった。

#MeToo運動の盛り上がり

『82年生まれ、キム・ジヨン』はこのような背景の中で登場した。さらに発売と同じ頃には、朴槿恵《パククネ》前大統領の弾劾訴追運動が起こり、若い女性たちの政治意識をさらに高めることになった。すでに街頭に出ていた女性たちは、そのままの勢いで大統領退陣を求める市民デモに合流していった。

韓国民主主義の真骨頂ともいえる政権交代劇は、韓国国内にとどまらず世界中で注目された。ただ市民集会の熱狂の中で、私自身は少しの不安を感じていた。いや、不安というより、明らかな不快感だった。朴槿恵大統領を批判する言説や態度の中に、かなりの頻度で女性嫌悪の言葉を発見したからだ。

このままじゃあ済まないだろうな。

そんな予感は当たっていたのだろうか。文在寅《ムンジエイン》大統領の新政権が発足した年の年末から始まった#MeToo運動は、その発祥の地である米国をはるかに超える破壊力をもって、韓国社会を席巻したのである。

米国ではハリウッドから始まった運動が、韓国では権力の中枢である検察から始まった。その後に芸能界、政界、大学、映画、演劇、文学等、韓国社会のあらゆる分野を巻き込んだ。次期大統領候補は政治生命を断たれ、人気の俳優は自ら命を絶った。ノーベル文学賞候補とも言われた詩人の作品は教科書から削除された、だけじゃない。それ以外にも、多くの人々が告発を恐れて活動を停止したり、発言を控えるようになった。

これを見守る一般国民の意見は割れていた。実際に悪い奴らが多いのだから当然という人もいれば、本物の悪党と魔が差した人を一緒にするのはいかがなもんかと、事態のエスカレートを心配する声もあった。

女性差別の過去と現在

ところで、現在の韓国で問題になっている女性嫌悪は、過去の伝統的な男尊女卑とは印象を異にする。『82年生まれ、キム・ジヨン』は、その両者をつなぐ小説でもある。ここで、過去の伝統社会における女性への抑圧は、母親のオ・ミスクや祖母のコ・スンブンの体験として語られる。そこでの女性とは、男性と対等でないばかりか、まさに男性のために存在する性である。女性たちは幼い頃から兄や弟の学費のために働き、必ずや男の子を産むことを強いられてきた。

オ・ミスクは二人の女の子を産んだ時に「お義母さん、申し訳ありません」と謝り、そして三人目の女の子（つまりキム・ジヨンの妹）を中絶してしまう。オ・ミスクに残酷な決断を促したのは、次も女の子だったらどうするかとの問いに、夫が答えた一言だった。

「縁起でもないことを言わないで、さっさと寝ろ」

女は縁起でもない存在だった。

その頃、女児の中絶が蔓延し、出生における男女比に歪みが出てきたことは、小説の中でも詳しく解説されている。それが抜き差しならない状態になったのが、九〇年代初頭である。

「このままいくと、将来この男の子たちは、あぶれて結婚もできなくなります」

韓国のメディアが連日のように騒ぎ立てていたのを、私もよく覚えている。政府は既に胎児の性別判定を法的に禁止していたが、目立った効果はなかった。

女の子が、生まれる前から抹消される時代があったのだ。

オ・ミスクは中絶から四年後に、念願の男の子を授かる。その弟に比べて、自分や姉は差別されていたというのが、キム・ジヨンの原体験である。

しかし、今、韓国社会にはびこる女性嫌悪は、「劣った性」として差別するというよりは、むしろ「不当に恵まれている」と言って攻撃する。先にあげた「ママ虫もいいご身分だよ」というような言い方である。この攻撃対象は女性だけでなく、地下鉄のフリーパスを持つ高齢者などもターゲットになるし、セウォル号事故の遺族のような人々にも向けられる。

これは韓国に限ったことでもなく、日本でもマイノリティーを攻撃する人々は、その理由を「彼らが特権を持っている」と言い、さらには自分たちはむしろ「被害者」なのだと居直る。この「不公平感」や「被害者意識」はトランプのアメリカや、移民問題に揺れる欧州でも、時には「恐怖心」まで加筆されて、社会の一部の人々を支配している。

韓国における軍隊問題とミソジニー

ただ、韓国における女性嫌悪についていえば、他国とは違った事情があることも確かだ。韓国は徴兵制がある国で、男性だけに兵役が義務付けられている。

「女は軍隊も行かない、デート費用も出さない。そうやって、男たちを不当に搾取している」

こんな男性たちの「被害者意識」の起点は、一九九九年末の「軍服務加算点制」の違憲判決にあるといわれている。過去には軍服務を終えた人々に公務員採用試験などで加算点を与えられたのだが、憲法裁判所はこれを「女性や障害者などの権利を侵害する」とした。

この決定に対して、男性たちは明に暗に反発した。「軍隊で苦労して、さらに同年齢の女性よりも二年遅れて社会に出なければならないのは、現実の競争社会では凄まじいハンディ」とする彼らの主張には、女性の中にも同情の声がないわけではない。しかし、現実的には小説の中のキム・ジヨンが体験したように、就職における男女平等などは幻想であり、男性が有利であることは間違いない。しかも頑張って就職戦線を勝ち抜き、与えられた仕事を男以上に頑張ったところで、結局は出産のためにキャリアを中断せざるを得ない現実がある。

しかし、男性たちの不満もまた現実である。

識者の多くは、韓国社会における女性嫌悪は軍隊の問題と切り離せないという。また、男性たちの中には「加算点制復活」の要求に加え、「兵役義務を大韓民国の〝男性〟にのみ限定したことこそ違憲」と法的な訴えを起こす「男性連帯」などの動きもあるが、これまで三度にわたった訴えは、いずれも棄却されている。

これに加えて、金大中《キムデジュン》政権時代に新たな省庁として発足し、その後に拡大した「女性家族部」などが問題となった。女性の社会進出を後押しするためにとられた様々な政策が、女性優遇措置＝逆差別というのだ。韓国政府はその後も、「育児休暇の充実」「保育料の無償化」「出産奨励金」など、日本の女性から見たら羨ましいような制度を次々に新設した。これらに対しても、一部が「不公平感」をもったというのは、前述したとおりだ。

ただ、これらの政策が「真に女性のため」だったのかは疑問だ。特に近年に至っては、その主眼はあくまでも「少子化対策」におかれており、しかも、期待した成果は得られなかった。二〇一七年の出生率は一・〇五と、過去最低である。政府は、より抜本的な対策を求められており、なかでも若者の就業対策が急務といわれている。それなりのスペックや経済力がなければ結婚もできないし子どもも持てない。男女とも未婚率上昇がすさまじい。

先進的な制度改革に、国民の意識と社会の構造が追いついていかない。『82年生まれ、キム・ジヨン』には、そこの矛盾が丁寧に書かれている。

三十年間の変化と女性たちの頑張り

ここで少し個人的な話をさせてもらおうと思う。訳者である斎藤真理子さんと私は竹馬の友だ。一九八二年生まれの「キム・ジヨン」が小学生だった一九九〇年代初頭、私たちはソウルで一緒に韓国語の勉強をしていた。

学生街として知られる新村《シンチョン》の一角、斎藤さんは京義線の線路沿いの旅館の一室に、私はそこから少し離れた女子大近くの学生下宿の一室に暮らし、日中はアルバイトなどもしながら、夜間の韓国語学校に通っていた。授業が終わると、私たちはよく新村の街に繰りだしたのだが、そこで小学生の集団を見かけることがあった。酔客が行き交う歩道や、遅い帰宅のサラリーマンが乗る市内バスにも、一段背の低い子どもたちがいた。

「どうして小学生がこんなに遅くまで外にいるの?」

「勉強。学校で遅くまで勉強しているんだって」

その頃、私を訪ねて韓国に来たことのある母は、今でもよく当時の驚きを口にする。そして、ぽろっと、「あんなに小さい時から頑張ったんだものね、日本が韓国に抜かれそうになるのも当たり前だよね」とも。

今よりも闇が深かったソウルの夜、私たちは何人もの「キム・ジヨン」を目撃していた。小さな背中に勉強道具の入ったリュックをしょった女の子たちは、まっすぐ前を見て歩いていた。

韓国女性にとっては自明すぎることだが、キム・ジヨンと母親世代を分ける最大の違いは、女性が学問をする権利を得たことである。キム・ジヨンが大学に進学した二〇〇一年の大学進学率は女子が六七・六％、男子が七三・一％と、すでに日本などに比べても高水準にあり、さらに二〇〇五年以降になると男女ともに八〇％前後となって、もはや進学における性差は完全になくなっている。

小学校だけ出て働いた母親世代は、女だからという理由で、上の学校に進学する兄や弟たちの犠牲になった。そこからわずか二十数年後に生まれた娘世代は、出生をがっかりされたり、ご飯のおかずに差をつけられたり、クラス委員になれなかったり、ずっと差別はあったものの、勉強については対等だと教えられた。一生懸命勉強して、みんな大学に行くのだと。

エールを送ったのは、母親たちだった。勉強する機会を奪われた彼女たちは、娘たちに自分たちと同じ悔しさを味わわせまいとした。だから、オ・ミスクが長女の進路を変更させてしまったと号泣するシーンは悲しい。

「母は、キム・ウニョン氏の空いた机につっぷして泣いた。まだ若いのに家から出すんじゃなかった、ほんとに行きたい学校に行かせてやればよかった、私みたいなことをさせるんじゃなかったと言って」

そんな母親たちに応援されて、女の子たちは頑張った。頑張れば一番にだってなれる。テストの点数だけはお前を裏切らない（東京医科大学は裏切ったが）。そう信じて、小学校の頃からずっと頑張ってきた。小説の中のキム・ジヨンの魅力は、どんな状況でも健気に頑張るところだ。韓国にはそういう女性がとても多い。

天の半分以上を支えてきた女性たち

ところで日本の女性から見ると、どこか私たちと共通点も多いキム・ジヨンよりも、韓国的なパワフルさを備えた母親オ・ミスクの印象が強烈かもしれない。そのバイタリティーは、たとえばパートで家計を支える日本女性とはスケールが違う。いざという時のための隠し不動産をもち、コツコツ投資でお金を増やし、さらに頼母子講《たのもしこう》という女同士の扶助組織もある。小説にもＩＭＦ通貨危機の話が登場するが、あの時も女性たちが本当に頑張った。

女だからと差別され、常に社会の中心から疎外され、周辺に追いやられていた。ところが、その中心が崩れてしまった時、社会は女性たちに頼るしかなかった。茫然自失となった男たちに代わり、家族の危機を救い、国家の危機を救った。

数字に表れない女性たちの頑張りは、もっと、もっと評価されるべきだろう。「天の半分」は中国の言葉だが、韓国の場合はそれ以上ではないか。著者がそのことを小説でオ・ミスク氏に語らせる場面は痛快だ。

「「そうだとも、そうだとも！　半分は母さんのおかげだ！　これからも崇め奉りますよ、オ・ミスク女史！」

「半分とは呆れたわね。少なくとも七対三でしょ？　私が七、あなたが三」」

『82年生まれ、キム・ジヨン』はフェミニズム小説であり、韓国社会における、過去から現在につながる女性差別の実態を告発したものである。これを読んだ韓国女性たちは、母や祖母を思い、また我が身を振り返って涙を流す。社会は表面的には変化したけど、差別は今も変わらないと。

しかし、私にはこの小説の中で奮闘する女性たちがまぶしくてたまらない。わずか三十年前には女だという理由で生まれることも許されなかった子がいた国で、今、女性たちは自分の意見をはっきりと主張し、不条理な社会と向き合っている。

盗撮などの性被害への抗議を中心にした若い女性たちの運動は、従来の運動とはスローガンも方法も異なり、韓国社会での評価は分かれている。彼女たちの先鋭化を憂う声も、実は少なくない。ただ、ちょうどこの解説を書きはじめた頃、東京医大での入試差別事件（男子学生だけに一律加点したというもの）が発覚し、日本の女性たちの多くが足元が崩れ落ちるようなショックを受けた。怒りと情けなさの中で思ったのは、韓国なら即時に二万人の集会が開かれているだろうということだ。

韓国と日本は、国の歴史も、政治の形も違う。その上で、日本の女性たちにはどんな方法があるのだろう。どうやって、この社会の不条理を正せば良いのか。

最後に『82年生まれ、キム・ジヨン』という小説が、韓国男性をフリーズさせる理由について、一言ふれておきたい。

この小説の特徴は、キム・ジヨンをはじめ、母親のオ・ミスク、祖母のコ・スンブンをはじめ、女性が皆フルネームで登場することだ。これは特別な意味を持つ。韓国社会では結婚と同時に女性は名前を失い、「○○さんの母」と単に家族の機能のように扱われる。これに関連して、小説の中では、オ・ミスクが本当は先生になりたかったと言った時、とても驚いたというキム・ジヨンの回想が出てくる。

「お母さんというものはただもうお母さんなだけだと思っていた」

家族の中だけに限らず、ママ友やご近所同士でも、女たちは互いの名字も名前も知らないことが多い。この小説では、それぞれの女性にきちんとした名前を与えることで、彼女たちを家族の機能から切り離し、独立した一個の人間として、リスペクトする態度を見せている。

　それだけではない。この小説では、夫のチョン・デヒョン以外の男性には名前がない。父親も祖父も名前は書かれず、すべて親族名称のみで記されている。キム・ジヨンの姉キム・ウニョンや義妹チョン・スヒョンにまで与えられている名前が、弟には与えられない。ずっと「弟」のままだ。さらに職場の同僚も、病院スタッフも、女性だけが名前をもっている。

男たちに名前など必要ない――強烈なミラーリングである。

評論『82年生まれ、キム・ジヨン』以後に女性が語り、書くということ

ウンユ

天地の間に風はあふれ
この時代の悲しみのエキスも四方八方へと飛び散ってゆく。
（チェ・スンジャの詩「一九八六年冬、ハンへ」『記憶の家』より）

ある女子中学校に講演をしに行った。『戦うほどに透明になっていく』を読んでくれた読書クラブの生徒たちが著者を招待するという集まりだった。私のこの本は、結婚して子どもを育てながら働く女性たちそれぞれの胸にこみ上げるものについて書いたものだ。胸にこみ上げるというのは、身体的な現象である。日常的な圧力と矛盾が蓄積して何かが湧き返っている状態であり、抑えがたい衝動だ。十六年しか生きていない生徒たちとでは、どうしても感情の温度や感覚の強度に違いがあるだろう。共感が得られなかったらどうしよう、と憂慮する私に、担当教師はこう答えた。

「あの子たち、まず『82年生まれ、キム・ジヨン』を読んでるんですよ」
その一言が懸念を抑えてくれた。生徒たちは、当事者としての経験は足りないけれど、母親や周囲の女性たちの生き方を見聞きしているからか、ちゃんと理解できるだろうということだった。一晩で『女の一生』を読んだときのようなものだろうか。そんな「悲しい本」を十代の少女が理解するというのは驚くべきことで、理解してくれてありがたく、理解するしかないことが悲しかった。ともあれ生徒たちは二冊の本を「無理なく」読破し、自主討論を経て、二つの質問を選んでいた。1・結婚とは何か。2・女性が経験する困難を克服するための代案とは何か。

暗緑色の黒板の左端、「学習目標」の欄に堂々と書かれたその文字を見て、私は感慨無量だった。三十年前に私が座っていた教室では想像もできなかった風景だ。私はそれぞれのテーマについて二十分あまりの講義をした。それを聞いた後、生徒たちはまたグループに分かれて討論し、さらに別の質問リストを作った。「ミサンドリー（男性嫌悪）についてどうお考えですか？」「盗撮されたときの対処法は？」「好きなら絶対に結婚しなくてはならないのか」「結婚前の同棲は正しくないのか」「着飾り労働に反対する脱コルセット運動についてどうお考えですか？」〔「脱コルセット運動」は韓国で若い世代を中心に、ルックス至上主義や規範的女性性への抵抗として広まった運動。「着飾り労働」とは化粧や髪のケアなど、規範的な女性性維持のために課される作業のこと。〕「上司や面接官から女性だという理由で外見や態度について制約を受けたときの対処法は？」などなど。

講師が一方的に正解を提示するのではなく、生徒との話し合いの中で質問から質問を作っていくのだが、こうした方法は、ある事柄について早合点したり二分法に安住するのではなく、じっくり考えて検討するための倫理的な態度を導き出した。大切なのは、さっさと答えを見つけてその質問から離れることではなく、正解のない人生において「根本的な問いかけ」を手放さずに生きていくための力を培うことだ。講演の翌日、担当教師が生徒たちの感想を送ってくれた。ある一行が目にとまった。

「女性が声を上げ、頑張って生きていくのでなくては。自分がミソジニーの対象になったとしても、言うべきことは必ず言いながら生きていきたい」

一人ではないことを知るために読む

私は二〇一一年から人文共同体〔運動体的・コミューン的な側面を持つ人文科学の民間研究所の一形態。知識の占有を否定し人々と広く分かち合うためにセミナーや討論会などを開いている〕で文章講座を行ってきた。学校や図書館、市民団体にもときどき講義に出かける。「フェミニズム」が日常用語ではなかった七年前も今も、受講生の八〇～九〇パーセントは女性だ。多くの人が、人生に対する長年の消化不良のようなものを抱いて受講しに来る。娘、妻、母、嫁、女性職員。そんな、家父長制の拘束服とでも言うべき女性の役割に不自由さと不満を感じ、文章を書くことで息抜きをしようとしている。その事実に変わりはない。ただ、右の中学生の事例が示すように、それを表現する姿勢や方法、問題提起の幅と深さにおいては、この二、三年の間に変化が目につくようになった。

文章講座の草創期、女性たちの書く文章は悔恨や告白、慨嘆の趣が強かった。たとえば自己紹介で「主婦」とか「子育て中の母親」と言うと自分がみすぼらしく感じられる、毎日毎日大変な思いで生きているのに、なぜ自分を一言で紹介するまともな言葉がないのだろうかとうつむく人がいた。女性の家事労働をアンペイド・ワークとして搾取する資本主義の構造を批判するのではなく、問題の根源を自分に求めていた。誰もがやっていることに不満を抱く神経過敏な人間と自己規定していたのだ。文章の題材は夫や夫の実家など家族間の葛藤や育児による自己疎外、娘であるために受けた差別など、家族という磁場にとどまっていた。『82年生まれ、キム・ジヨン』の主人公の友達や先輩後輩の経験談としてどのページに入っていてもおかしくないような話が主だった。経験をありのままに書いているのだが、自己検閲の規制が強く働き、女がこんな些細なことを書いてもいいのだろうかと確認したがる姿勢がしばしば見られた。

家父長制において、学問と文筆は男性の空間であった。既婚女性を「家の人」〔「家内」というほどの呼称〕と称するように、女性を私的な存在と分類する長年の習慣のせいで、女性たちは自分の経験や感情を公の空間で見せることをよしとしなかった。その点で、講師の立場にいる私も例外ではなかった。

私は七一年生まれのキム・ジヨンだ。中学校のとき私のクラスには、キム・ジヨンが三人もいた。平凡な名前と同様、私の人生もありふれたものだった。平凡だということは決して平坦さを意味しないが、日常の経験を記録した初めての散文集を出すときにはためらいが大きかった。二〇一二年当時ですら、そんな雰囲気だった。立派な業績のない、名刺さえ持たない一人の女が、結婚制度において発生する不平や家事と育児の辛さを吐露するのは穏当なことなのか。自分の欲望を表に出してもいいのか、本にする価値があるのか。何度となく問い返さなくてはならなかった。朴婉緒《パクワンソ》〔韓国で最も尊敬され愛された女性作家〕のような有名な小説家でもない「キム・ジヨンたち」の日常と、そこからもたらされる苦痛の描写が公的に価値を認められることは容易ではなかった。せいぜい朝のテレビの人生相談やラジオで読まれる手紙、または地域のコミュニティで交わされる愚痴や泣き言として共有され、揮発しておしまいだった。作家ではない普通の女性が自分の人生に疑いを持ち、疑問を呈する文章を書いたところで、覚悟して書くにせよ気軽に書くにせよ、世の関心を集めることはできなかったのだ。

『82年生まれ、キム・ジヨン』が刊行された二〇一六年を起点に、雰囲気は転換した。二〇一六年十月、#Mee Too運動の皮切りとなった「文壇内性暴力告発」が起きた。同年の五月には江南《カンナム》駅殺人事件〔二〇八頁参照〕が起きた。SNSを中心として沈黙の糸はほぐれた。些末なことがもはや些末ではなくなった。女であるために死ぬことがありうるし、女であるために尊厳を損なわれることがありうるという恐怖と怒りが噴出した。妊娠、出産、結婚や育児によって自我がぺちゃんこになる経験、学校や職場での性差別、性暴力被害事件などの証言が尻とりのように連なり、巨大な言葉の波となって、韓国社会を飲み込んだ。

一つの時代の終わりを告げる訃報のようなどよめきに、耳が開かれたのだろうか。昨日まで黙っていた(黙っているように見えた)女性たちが、今日はなぜ黙らないのだろう? それを知りたいと思った人々は一冊の本を手に取った。『82年生まれ、キム・ジヨン』である。一人の平凡な女性がそれまでの人生で経験した埃のように小さな差別の実態をくまなくかき集めたこの本は、ジェンダーというレンズを通して見たら何が変わるのか、冷静に、わかりやすく示してくれた。そのようにして『82年生まれ、キム・ジヨン』は、家父長制の堅固な言語秩序に混乱の火種を投げ込んだ。

「書く」自我とは、社会的な自我である。自我と社会は分離されない。フェミニズムが議論され、社会の関心が高まると、文章講座や講演で出会う女性たちの表情にも勇敢さが出てきた。「私の経験は文になるだろうか」というためらいを見ることは稀である。それはデフォルトになった。思考し、表現する上でどう書くべきか悩むことはあっても、書く資格があるかどうかをはかりにかけたりはしない。人の話を聞いてやり、受け止めてやり、理解する役割ではなく、自ら語り、要求し、疑う、独立した主体として女性たちは自分の言葉を作ることに熱中していた。「私たちは一人ではないことを知るために本を読む」という英国の小説家、C・S・ルイスの言葉の通り、『82年生まれ、キム・ジヨン』は、女性たちに、自分だけが特別なわけではないという集団的な安心感を提供してくれたのだ。

家父長制の最後の要請、母性を疑う

「なのに母はどうして、辛いと言わなかったのだろう。キム・ジヨン氏の母親だけではなく、すでに子どもを産んで育てた親戚たち、先輩たち、友だちの誰も、正確な情報をくれなかった。テレビや映画には器量がよくて愛らしい子どもしか出てこないし、母は美しい、母は偉大だとくり返すばかり。」

「私はなぜ母さんだけを恨んだのか？　父さんだってご飯を作ってくれなかったし、私のために入試情報を調べてもくれなかったのに。それらは当然母さんの仕事だと思っていたからだ。働いていてもご飯は作るべきだし、家は清潔にしておくべきだし、娘と一緒に入試情報を調べてくれるべきで、頑張って食堂の仕事をして帰ってきた後で、子どもたちの精神面を支えるのが母親の務めだと思っていたのだ。母さんもまた、良い母親であろうとして必死に働いていたのに、ご飯を作ってやれなくてごめんねといつも言っていた。」

初めの引用は『82年生まれ、キム・ジヨン』からで、次の引用は私の文章講座に参加した二十代の女性が書いたものの一部だ。どちらも、女性の苦痛に対する無知、無関心、最も身近な女性である母親の役割への無理解を告白している。今まで表立っては言語化されてこなかった、知られざる、知られる必要さえなかった側面だ。母さんはご飯を作るのが当たり前、母さんは子どもの面倒を見るのが当たり前、母さんは家族の犠牲になるのが当たり前という、果てしない「当たり前の連鎖」が、韓国社会の日常を支えてきた。

「母の役割と母の本能は、男性が女性を心理的に操る最後の要塞」だ。その最後の要塞である母性神話に疑いが向けられるようになった点は、女性が文章を書く際にも画期的な変化をもたらした。「当然のことだから」という規範を投げ捨てた女性たちは、もっと繊細に、もっと深く世の中を見る視線を手に入れた。

『82年生まれ、キム・ジヨン』以前にものを書く女性にとっては、大きな差別事件、例えば「兄さんは男だから大学に行かなくちゃ」式の、男の兄弟のためにスニーカーから大学進学に至るまで犠牲を強いられてきた娘たちの告白や、育児休暇中に机が消えてしまったという職場内の性差別体験など特定の事件が主なテーマだったとすれば、『82年生まれ、キム・ジヨン』以後は、日常生活にはびこる差別的な言動がそれに取って代わった。家父長制的な制度や慣習の壁を越え、日常生活に毛細血管のように広がっている性差別文化と言語を問題にするようになったのだ。

「女は顔がきれいならそれでいい」「お前は仕事はいいからガールズグループにでも入れ」。インターンで入った会社で受けた上司からのセクハラが文章の材料となり、ひいては、「お前は体重さえ減らせばきれいになれるのに」といちばん頻繁に言うのが実は母親だという事実も指摘される。自分の体に自信を持てなかったある二十代の女性が、その大元はどこにあったのかを追跡する。学生時代、男子はサッカーをし、女子は応援に回るという仕組みになっていたため、自分の体を思いきり使うことができず、同年代の女子どうしで互いに化粧をしてやり、互いの見た目をジャッジするうちに、常に自分の体を克服の対象と見るようになったのだと分析する。

ある二十代女性の旅行記が印象的だった。女性の移動権は基本的権利ではなく、勝ち取らなければならないものだ。「夜に出歩くな」「一人で歩いたら危険だよ」といった規制を小さいときから受けて育ってきた。旅行の際に最優先で考慮したのは宿所の安全性だった。そうやって熟慮の末に決めたヨーロッパのある民泊施設で、高齢男性である主人から、好意の仮面をつけたセクハラを受けた。それを掲示板に書き込んで共有すべきか、嫌な記憶として忘れてしまうべきか悩んでいるという内容だった。「精神的な被害も負ったのに、彼の行動に終止符を打たせる役割まで担わなくてはならないなんて不合理だと思う。私の沈黙は別の被害者を増やす一助となり、ある意味で私が加害者になるのだろうか。（中略）黙っていても居心地が悪く、行動すればもっと嫌な思いをする被害者。なぜ被害者だけが嫌な思いをするのか、皮肉なことだ」「キム・ジヨン」に表象される他の女性の存在を意識するようになり、自分の苦痛と他人の苦痛を自然に結びつけて考えるようになったことが見てとれる。自分が経験した苦痛について語ってもいいのかという疑念が、私が語らなければ他の女性がどうなるかという悩みにまで発展した。女性たちの間に共通の身体感覚が形成されたのだ。

十六歳の女子中学生から九十七歳のお婆さんまで

「読書や講義は男のものだから、婦人がこれに励むことには無限の弊害がある」

（李瀷《イイク》『星湖僿説《ソンホサソル》』）

＊朝鮮後期の儒学者の書

「婦女子がみだりに世の中のことに首を突っ込み他人に言いふらしてはならな

い」

（李徳懋《イドクム》『士小節《シサソル》』）

＊十八世紀朝鮮時代の儒学者の書

詩人ムン・ジョンヒはエッセイ集『致命的な恋ができなかった劣等感』で、右の二つの文章を引用して「朝鮮時代とはそんな時代であり、まだ私たちの意識にはそのような伝統がさまざまな形で深く染み込んでいる」と言う。

これを実感できる本に出会った。江原道襄陽《カンウォンドヤンヤン》郡に住むイ・オンナムさんが書いた『九十九回の春夏秋冬』だ。著者は一九二二年生まれで、タイトルが語るように、今年（二〇一八年）九十七歳だ。この本の末尾で紹介されている孫の証言をかいつまむと、おばあさんは自分から文字を学びはじめた人だ。子どものころは、女が字を習うと、嫁ぎ先で実家の親に手紙を書いて悲しませるからと習わせてもらえなかった。兄の後ろでこっそりハングルを覚え、夫とその両親と暮らしているときには字が読めることを隠していた。そして夫と姑が亡くなった後、山菜を売ったお金でノートを買い、字を書きはじめた。そのとき七十六歳。以後三十年間の記録を抜粋して一冊の本にまとめたのだ。

「22年生まれ、イ・オンナム」の文章は、私にとっては革命的だった。女性に関するいかなる権利の主張もなく、寝ても覚めても子どもへの気遣いと孫への愛情でいっぱいの、母性あふれる内容だ。しかしイ・オンナムは、自分が経験した抑圧を別の抑圧として誰かに押しつけず、一生、家族を見守り、畑仕事をやめなかった。愛の主体、労働の主体、語る主体として堂々と自分の人生を開墾した。子どものときかまどの前で灰の上に線を引いて文字を覚えた記憶、たった一文字の記憶が、「私も書く」という確かな記録として残った。

いつも言っていることだが、文章を書くのに最適の環境というものはない。イ・オンナムさんはハングルが描くとも書き、性暴力被害女性のワークショップで会った学生は自分に迫った苦痛から脱するために書き、書かずにいられない人が書いていく。女性が書くということを受け入れられず、弱者の声を遮ろうとするこの世の中で、にもかかわらずキム・ジヨンたちは書くことをやめなかった。このようなたゆみない女性たちの声が火種となって『82年生まれ、キム・ジヨン』は燃え上がったのだと、私は思う。

出版不況の時代に百万部が売れた。女子中学生も読み、政治家も読み、アイドル歌手も読み、読書会でも読まれる。私の友達は、夫が『82年生まれ、キム・ジヨン』を読んで「ごめんね」と謝ったという話をしてくれた。穏やかな熱気を実感する。それが本書の美点だが、『82年生まれ、キム・ジヨン』は日常をカメラでじっくりと追っていくだけで、目立ったメッセージを主張することはない。事実の蓄積によって真実を牽引するルポルタージュ小説だ。慣れ親しんだ対象を未知のもののように見つめさせる点で文学の役割に忠実だが、顔を背けたくなるほどの存在の深淵にまで迫ってはいないという点で、個人的に心残りがある。

「キム・ジヨン」は普通の韓国女性だろうか。私たちが何を「普通」と規定し、「正常」と考えるかが各自の政治的立場を表している。本書の主人公は、「とはいっても」大学に行き、就職もでき、円満な家庭環境で育ち、いろいろな面でハッピーなケースだと、八三年生まれの知人は言った。そうだ、キム・ジヨンは貧困のトンネルに閉じ込められたり、家庭内暴力に苦しみながら生計まで背負わされたような女性キャラクターではない。狂女のように暴れたり、自分の欲望を露骨に表現したりもしない。まるでそこにいない人のように行動し、言葉を飲み込むキャラクターだ。家父長制内で既得権を得ている男性たちにとって脅威となる存在ではない。受け入れ可能だと思われたから、大衆的な読者層を確保できたのだと推測する。ただし、ここで「一冊だけを読んだ人に気をつけろ」(註)というトマス・アクィナスの言葉を想起しておきたい。『82年生まれ、キム・ジヨン』を読む読者にとって、この本が女性理解の出発点ではなく終着点となるなら、それは百万部突破という象徴的事件の暗い影となって残るだろう。

最近終えた文章講座で、一人の中年女性は次のように書いた。「文章を書くことが結婚生活の破綻を防いでくれたということも、今では確信できる。書くことはこれからもずっと、私を救ってくれるだろう。私が私を知り、私らしく生きていることを証明してくれるだろう」。

「結婚生活の破綻を防いでくれた」という表現に私はアンダーラインを引いた。慣用句のようなこの一節は、結婚は善、離婚を悪と規定する価値判断から出てきた家父長制の言説だ。不幸な既婚女性の独立を遮り、安住を勧める言葉だ。真理のように見えるものを疑い、それは誰の好みに端を発する言葉なのかと問い直すことが書くという作業の本領だと考えるとき、淘汰されるべき表現だ。

『82年生まれ、キム・ジヨン』百万部時代を迎え、女性にとっての書くという行為は、抑圧の言語を捨て、尊重の言語を発明する作業となるだろう。『82年生まれ、キム・ジヨン』を読んだ女子中学生が投げかけた問い、「好きなら絶対に結婚しなくてはならないのか」に則して言うなら、この問いが「結婚生活の破綻は女性にとって絶対に不幸なのか」「なぜ、どのように不幸なのか」「女性の不幸でないなら、誰の不幸なのか」と書き直されること、一つの問いがいくつもの問いへと展開していくこと、「言うべきことは必ず言っていく」という十六歳の誓いの通りに、キム・ジヨンたちの声が四方八方へ飛び出していくことを、私は願っている。

訳註　この言葉は古来から人口に膾炙《かいしゃ》した一種の伝承のようなもので、本来は「多くの本を読んだ人よりも一冊の本を深く読んだ人を恐れるべき」という意味と考えられるが、この文章では「一冊だけ読んで満足しないように」という警告として用いられているようだ。

出典『82年生まれ、キム・ジヨン　百万部記念特別版』（二〇一八年、民音社）より

ウンユ（作家）

一九七一年生まれ。女子商業高校を卒業後、証券会社などで働き、労働組合の執行部で広報を担当し文章を書きはじめる。出産と育児を経て三十代中盤からフリーライターとして活動、また人文科学系の研究所で市民向け文章講座の講師を務めた。「誰もが生きてきた経験を自分で文章にすることが世の中をよくする」という信念で、さまざまな場所で文章講座を行い、特に社会的弱者が声を上げることを助けている。『戦うほどに透明になっていく』『書くことの最前線』などのエッセイ集や、スパイでっち上げ事件の被害者へのインタビュー集『暴力と尊厳の間』、ある現場実習生の死を扱った『知られざる子の死』、未登録移住労働者の子どもの問題を追った『いるけれどいない子どもたち』などがある。ペンネームの「ウンユ」とは隠喩を意味する。

訳者あとがき

本書は、チョ・ナムジュ著『82年生まれ、キム・ジヨン』(民音社・二〇一六年)の全訳である。もはや一つの社会現象といってよい本書出現の背景や韓国における意味については、伊東順子さんが的確に読み解いてくださったので、ここでは簡単に、本書の特徴と評価、著者について述べておく。

『82年生まれ、キム・ジヨン』は変わった小説だ。一人の患者のカルテという形で展開された、一冊まるごと問題提起の書である。カルテではあるが、処方箋はない。そのことがかえって、読者に強く思考を促す。

小説らしくない小説だともいえる。文芸とジャーナリズムの両方に足をつけている点が特徴だ。リーダブルな文体、ノンフィクションのような筆致、等身大のヒロイン、身近なエピソード。統計数値や歴史的背景の説明が挿入されて副読本のようでもある。

「文学っぽさ」を用心深く排除しつつ、小説としてのしかけはキム・ジヨンの憑依体験に絞りこんで最大の効果を上げている。

チョ・ナムジュは一九七八年生まれ。キム・ジヨンよりはその姉のキム・ウニョンと同年代であり、妹にあたる女性たちを思いやる気持ちでヒロイン像を作り上げていったと考えていいのではないだろうか。名門・梨花女子大学の社会学科を卒業後、放送作家として十年働いた後、『耳をすませば』（二〇一一年）で作家デビューした。その後の『コマネチのために』（二〇一六年）に続き、本書は三冊目の著作にあたる。重要なのは、本書によって有名になる以前からチョ・ナムジュはすぐれたストーリーテラーとして評価を受けていたことだ。『耳をすませば』も『コマネチのために』も、豊かとはいえない環境で奮闘し、挫折し、葛藤する人々の姿をリアルに描いて文学賞を受賞した長編である。「キム・ジヨン」も、個人と社会の葛藤に肉薄するという面で、底流にあるものは大きくは違わないのである。その上で本書では、より広い読者に届くように戦略的な手法が用いられた。しばしば指摘されるのは放送作家としての経歴が生きていることだ。まず、キム・ジヨンというヒロインの造形がそうで、これは、一九八二年に出生した女の子の中でいちばん多い名前がキム・ジヨンだったことから決まった名前である。このようなリサーチを経て、普通の女性の普通の苦労を体現するヒロインが生み出されたわけだ。

キム・ジヨンが体験してきた悩みや苦しみの多くは、韓国社会全体から見たらささやかなものだっただろう。歴史の中でさまざまな苦難を経てきたこの国では、キム・ジヨンと似たような経験をした多くの女性が、「もっと大変な人たちはいくらでもいる（いた）。そのくらいで文句を言うな」と言われておしまいだったと思う。だが、そんなささやかさに強く焦点を合わせたことがかえって普遍的な共感を呼び、韓国のフェミニズムの裾野をぐっと広げることになった。小説というものにはこのような〈機能〉、〈効用〉もあるのだと改めて考えさせられる。

韓国における反応の中で興味深いのは、男性読者たちの反応だ。著者自身は、この本が大ヒットした要因の一つとして「進歩的な考えを持つ男性たちが、この問題は男性が知らなくてはいけないと考えて読んだ」ことを挙げている。特に娘を持つ父親から「自分が生きてくる中では全然気づいていなかったが、娘が同じ経験をしてはかわいそうだから、そうならないために私たちが何をすればいいのか考えるようになった」という声を聞くそうだ。また、この本を三百冊買ってすべての国会議員に手紙とともにプレゼントした男性国会議員もいる。

と思えば今年（二〇一八年）三月、Kポップのガールズユニット、レッド・ベルベットのアイリーンが本書を読んだと発言したところ、一部男性ファンが「アイリーンがフェミニスト宣言をした」として一斉に反発、アイリーンの写真やグッズを破損する様子を動画投稿サイトに投稿するという事態も起きた。本書を読む限りキム・ジヨン氏のパートナーは、妻を一生けんめい理解し、味方になろうと努力しているのだが、この本を「男女間の葛藤を強調する」として排斥しようとする人々も一定は存在するのだ。キム・ジヨンが投じた一石の波紋は現在もとどまることを知らないようである。現在、キム・ジヨンにチョン・ユミ、チョン・デヒョンにコン・ユというキャストで映画化も進んでおり、公開されればまた新たな動きがあるだろう。

チョ・ナムジュはフェミニスト作家と呼ばれることを自然に受け止めており、今後もそのような視点を持って作家活動をしていくことを明らかにしている。今年（二〇一八年）発表された『彼女の名前は』は初の短編集で、十代から七十代までのさまざまな女性たち一人一人の物語を、丹念なインタビューをもとに綴ったもので、好調な売れ行きを見せている。

さて、まだ決定的な診断がついていないとおぼしきキム・ジヨン氏の今後はどうなるのだろうか。原書に解説を寄せたキム・コヨンジュ（女性学専攻）は、キム・ジヨンは回復しうるのか（＝自分自身の声を取り戻すことができるのか）という問いに対し、「彼女一人で解決できないことは明らかだ」とし、この本を読んだすべての人がともに考え、悩むことからすべては始まるだろうと示唆している。訳者としてもこれにつけ加える言葉はない。本書はすでに台湾で翻訳出版されてベストセラー一位を記録、タイでも十一月には刊行される。今後、ベトナム、中国、イタリア、チェコ、フランス、インドネシア、スペインでも出版が決まっている。今回、チョ・ナムジュ氏から日本の読者に寄せられたメッセージにもある通り、「自分をとりまく社会の構造や慣習を振り返り、声を上げる」ことの大切さを多くの国の女性たちと分かちあっていけたらと思う。

なお、物語の中で紹介されるさまざまな統計数値について、本書刊行から現在まで大きな改善や変化があったかどうか著者に問い合わせたところ、「残念ながらまだ大きな変化はないようです」との回答であった。なお、日本の読者の理解を助けるため、資料、統計などを調整した部分がある。また、原書には統計数値や記述の出典が注として本文中に入っているが、本書では巻末の一九六―一九七ページにまとめて掲載した。さらに、韓国では年齢を数え年であらわすが、本書では日本式に満年齢で表記していることをお断りしておく。

素晴らしい解説を書いてくださった伊東順子さん、原稿チェックをしてくださった岸川秀実さん、推薦文を書いてくださった松田青子さん、担当してくださった筑摩書房の井口かおりさんに御礼申し上げる。

二〇一八年十月二十日

斎藤真理子

文庫版訳者あとがき

一冊の小説が口コミでじわじわと支持を広げ、無視できない売上げを見せている。しかもそのテーマが、フェミニズムなんだ。

そんな話を耳にしたのが、二〇一七年初夏だったでしょうか。韓国では朴槿恵《パク・クネ》大統領の弾劾を受けて新政権が発足し、対立を含みながらも社会全体が刷新の空気の中にありました。一度動きが始まると非常に変化が早いのが韓国社会です。フェミニズムの高まりの中で、小説が啓蒙的な役割を果たすとは、日本ではあまり想像できることではなく、これは紹介する意義があると思いました。

でも『82年生まれ、キム・ジヨン』を初めて読んだときは驚きました。淡々とした文体、物語の展開もフラット、主人公の個性もはっきりしません。なのに、不思議な吸引力がある。実はそのとき私は、本書がいかに周到な計算で設計されていたかを理解していませんでした。解説を書いてくださった伊東順子さんが教えてくれるまで、夫以外の男性の名前がないことにも気づきませんでした。私こそ、チョ・ナムジュさんの戦略にまんまと引っかかっていたことになります。

刊行にあたってはやや懸念を抱いていました。これも伊東順子さんが解説でみごとにまとめてくださいましたが、徴兵制が存在する韓国では一九九九年以来、男性が女性に対して抱く不公平感が募っています。さらに、父系主義の強い韓国では（特に昔は）後継ぎの男児を望む傾向が日本以上に強く、そのことは物語にも色濃く現れていました。こんなに事情が違うのに、韓国のフェミニズム本がそのまま受け入れられるのか、または「韓国ってこんなに遅れてるの」という見当違いの感想を引き出さないか、という疑問もありました。

それは全くの杞憂でした。今思えば私は、この作品の底力も、日本の若い女性たちが抱えている表からは見えない辛さも、まったくわかっていなかったのだと思います。二〇一八年十二月八日に本書が発売されると同時にすさまじい反響があり、刊行後四日で三刷りという予想外の結果を迎えました。そのことはただちに韓国でも報道されました。そして日本のSNS上には、「読んだ！」というつぶやきや叫びが続々と湧いてきました。「わかりすぎてつらい」「自分が傷ついていたことに初めて気づいた」「みんなの物語だ」、そして何より「涙が出た」という女性読者からの声。そして男性からは「今からでも謝りたい」「男にこそ読んでほしい」といった感想が。

潮目が変わるという言葉がありますが、二〇一八年の日本は、フェミニズムをめぐって潮目が変わりつつあるところだったのだと思います。同年五月には財務省事務次官のセクハラ発言による辞任事件があり、七月には、東京医大の不正入試事件が明るみに出ました。それより前から伊藤詩織さんの裁判やSNSでの「保育園落ちた日本死ね!!!」発言などが話題になっていましたが、ここに来て何かがぐっと可視化されたようでした。

本書が書店に並んだ十二月十日には、順天堂大学の不正入試事件に関する記者会見が開かれました。そこでは「女性受験生らの得点を操作したのは、男子に比べて女子の方がコミュニケーション能力が高いためである」という旨の説明がなされたのです。「えーっ」という衝撃、怒り、脱力が広がり、そこへ『キム・ジヨン』はすーっと浸透していきました。

思えば日本では、韓国に先駆けてフェミニズムの研究やある程度の制度化が進んだものの、意識改革はずっと上げ止まりだったのではないでしょうか。そこへ韓国が追い上げてきて、二〇一八年を境に、日韓のジェンダー・ギャップ指数は入れ替わりました。日本版『キム・ジヨン』はそんな動きのただ中に登場しました。

『キム・ジヨン』の熱心な読者に、読書会や講演の場で何度も会いました。「今まで、うまくいかないのは自分の性格や努力不足のせいだと思ってきたけれど、この本を読んで、社会の方に原因があったんだとわかり、自分を認めてやれるようになりました」と涙ぐんで話してくれる方もいました。

そして現在、『82年生まれ、キム・ジヨン』は韓国では百三十六万部、世界三十二の国と地域（三十言語）で翻訳出版されています。日本では四年間で二十三万部以上を記録し、フェミニズムへの関心の裾野を広げると同時に、それまでにも高まっていた韓国文学への興味をさらに押し上げました。チョ・ナムジュさんは二度来日して読者と交流し、二〇一九年には映画も公開（日本では二〇二〇年公開）され、小説とは違い希望の見えるエンディングが話題になりました。

今回の文庫化にあたっては、韓国で百万部突破に際して刊行された記念特別版に収められていた作家のウンユさんの文章と、文庫化にあたってのチョ・ナムジュさんのメッセージを新たに収録しました。また、訳文の見直しも行いました。

そもそも韓国でも、本書がこれほど読まれるとは、著者も編集者も予想していなかったそうです。にもかかわらず支持を集めたのは、やはりキム・ジヨンという主人公のおかげだと思います。

キム・ジヨンには外見の描写がほとんどありません。また、踏み込んだ性格描写や心理描写もありません。いわば、この主人公には「顔」がありません。だからこそ、読者が思い切り自己投影し、自分の物語を反芻することができます。このことは、装丁家・名久井直子さんと画家の榎本マリコさんによる日本語版の表紙がとてもうまく表現していると思います。

ジヨンはさまざまな面で、ウンユさんの論考にあるように「ハッピーなケース」です。そして夫もおおむね良い人です。これらもすべて計算の上での設定でした。もしジヨンが貧しく不遇だったり、邪悪なDV夫に苦しんでいたら、ジヨンが体験した女性としての苦しみが、貧しさや男運の悪さのせいにされてしまう可能性があるからです。

つまり、チョ・ナムジュさんの主張のポイントは、経済的に恵まれていても良い家族がいても、社会のシステムに問題がある限り、この問題は解決できないという点にあります。そこに焦点を合わせるためにすべてが計算されていたのです。この小説にはジヨンとデヒョンの恋愛の描写がほぼないのですが、これもまた、愛でどうにかなる問題ではないことを示しているのでしょう。

随所に添えられた統計数値などのデータも、「エビデンスは?」という男性からの異論に対抗するためにあらかじめ備えられた装置です。そして、それが不自然に見えないために「医師のカルテ」という体裁を取ったのだと、チョ・ナムジュさん自身が語っていました。こう見てくると、キム・ジヨンは徹頭徹尾、目的から逆算して作られた、非常に戦略的なキャラクターだとわかります。一見すると弱々しいキム・ジヨンが、水面下でこんなに周到に鍛えられていたとは。

そんなジヨンが日本の読者をここまで惹きつけたのは、とても興味深い事象でした。一九八二年生まれの日本の女性でいちばん多い名前は「裕子」だそうです。そして日本でいちばん多い苗字は「佐藤」。もしこの小説が「82年生まれ、佐藤裕子」だったら、生々しすぎて読むのがもっと辛かったかもしれません。海外文学、しかし多くの面で共通点のあるアジアの女性を主人公の文学だったからこそ、適度な距離感を保ちつつ、自分を重ね合わせて読むことができたのかもしれません。また、これがノンフィクションであったら全く違っていたと思います。突き詰めていえば、やはり、物語であったことが決め手だったのでしょう。

同時に、徴兵制の存在がジヨンの背景に広がっていることも、たいへん重要だと思います。朝鮮戦争は休戦状態であっていまだに終わっていません。家父長制、資本主義、そして最後に徴兵制。この最後の項目のために韓国には日本にはないミソジニーがあり、それに対抗するためにジヨンは鍛えられていたといえますが、このあたりは『韓国文学の中心にあるもの』（イースト・プレス）に詳しく書いたので、興味のある方は読んでいただければと思います。

さて、二〇一八年から現在までに、日本のフェミニズムにもたくさんの変化がありました。多くの人が性被害を告発し、女性だけに強制される服装規程が見直されました。「お母さん食堂」という名称に女子高校生たちが抗議したときも、何年か前ならこういうことは起きなかったのではと、変化を感じました。もちろん、勇気をふるって告発した人がひどい中傷に苦しまなければならない現実がありますし、夫婦別姓すらまだ認められないことが象徴するように、政治の側の変化は本当に遅々としているのですが。

けれども、ありていに言って、二〇一八年に比べてずっと「声」は出され、聞き取られるようにもなったと思います。出版の世界でいえば、フェミニズムに特化した出版社や雑誌が登場し、作家たちがこの問題を取り上げることも増えました。本書が出る前に「日本で『キム・ジヨン』にあたるフェミニズムの易しい入門書はどれ？」と聞かれて、答えに悩んだのですが、今では挙げられそうな本がたくさんあります。

それと並んで、韓国のフェミニズム関連書籍の紹介にも目覚ましいものがありました。理論書や入門書に加え、カン・ファギル、ク・ビョンモ、ミン・ジヒョンといった作家のフェミニズム文学、さらにはクィア文学、またエッセイ、グラフィックノベルや子ども向けのフェミニズム入門書までと多様です。チョ・ナムジュさん自身の著作も、『彼女の名前は』（小山内園子・すんみ訳、筑摩書房）、YA作品である『ミカンの味』（矢島暁子訳、朝日新聞出版）、『サハマンション』（斎藤真理子訳、筑摩書房）に続き、短編集『私たちが記したもの』（小山内園子・すんみ訳、筑摩書房）も近く（三月頭）刊行予定です。

とはいえ、文庫版に寄せられたチョ・ナムジュさんのメッセージは、「軽くなった本を、重い心で贈ります」という沈んだものでした。二〇二二年に就任した尹錫悦《ユン・ソンニョル》大統領は、女性対応の政策を司る「女性家族部」の廃止を公約の一つとして当選しました。また、同じ二〇二二年に起きたソウル新堂駅殺人事件では、被害者に対する盗撮行為とストーカー行為で裁判中だった犯人が勤務現場で犯行に及び、江南《カンナム》女性殺人事件のときと同様、女性たちが追悼行動を行いました。

二〇一八年の韓国では#MeToo旋風が吹き、一九年には、六十年以上続いていた「堕胎罪」への違憲判決が出ました。その年に京都を訪れたチョ・ナムジュさんは、「女性たちが声を上げて社会は目まぐるしく変わった。キム・ジヨンも今は、社会の変化によってハッピーな生活をしているのでは」と語っていたのでしたが、政権によって変わる部分がとても大きいのです。世界的に見てもヘイトとバックラッシュが広がり、新たな戦争も始まってしまいました。

しかしチョさんが「時間が逆に流れているよう」と表現する現在の韓国でも、『キム・ジヨン』のメッセージは多くの人に届いています。

ウンユさんの論考にあるように、『キム・ジヨン』は初めの一歩です。そして、戦略的にターゲットを絞って作られたキャラクターである以上、キム・ジヨンには代弁できない領域が当然、存在します。私も身近なところで、在日コリアンの女性の先輩から「これはどこまでもマジョリティの話」という感想を聞きました。また、他の人から「高校を出て仕事につく人も多いのに、就職差別体験は大学生のものばかりでうんざり」という声も聞きました（韓国では大学進学率が非常に高いので、韓日の事情はまた違いますが）。世代による受け止め方の差も目につきました。また、女と男の性別二分法と異性愛という規範に則っているこの物語では聞き取れない音域も存在します。それらについては、『彼女の場合は』や『サハマンション』など、チョさんのその後の作品に、そして『娘について』（キム・ヘジン著、古川綾子訳、亜紀書房）、『ディディの傘』（ファン・ジョンウン著、斎藤真理子訳、亜紀書房）をはじめとする、クィア文学と呼ばれる小説に答えを見つけることができると思います。

『82年生まれ、キム・ジヨン』が日本にもたらした最大の賜物は、「自分自身が当事者だったんだ」という認識を読者に抱かせたことでした。「自分にも声があった」と気づいた人たちは、世の中で苦しそうに上げられている別の声、そしてまだ上げられてない声への想像力を育てることができるでしょう。

二〇一九年に、ある新聞社の取材を受けたとき、私は「(国どうしの)大きな物語が衝突している横で、小さな物語の交流は続いている」と話しました。今もこの感想は変わりません。

二〇二二年十一月二十五日

斎藤真理子

略歴

著者　チョ・ナムジュ

一九七八年ソウル生まれ、梨花女子大学社会学科を卒業、卒業後は放送作家として社会派番組のトップ「PD手帳」や「生放送・今日の朝」などで時事・教養プログラムを十年間担当。二〇一一年、長編小説『耳をすませば』で文学トンネ小説賞に入賞して文壇デビュー。二〇一六年『コマネチのために』でファンサンボル青年文学賞を受賞。『82年生まれ、キム・ジヨン』で「第四十一回今日の作家賞」を受賞（二〇一七年八月）、大ベストセラーとなる。二〇一八年『彼女の名前は』（タサンチェッパン）、二〇一九年『サハマンション』（民音社）、二〇二〇年『ミカンの味』（文学トンネ）、二〇二一年『私たちが記したもの』（民音社）、『ソヨンドン物語』（ハンギョレ出版）刊行。

邦訳『82年生まれ、キム・ジヨン』（斎藤真理子訳）、『彼女の名前は』（小山内園子、すんみ訳）、『サハマンション』（斎藤真理子訳）いずれも筑摩書房刊。『ミカンの味』（矢島暁子訳、朝日新聞出版）。近刊に『私たちの記したもの』（小山内園子、すんみ訳、筑摩書房、二〇二三年三月頭刊行予定）、その後の予定に、『コマネチのために』（すんみ訳）、『耳をすませば』（小山内園子訳）、『ソヨンドン物語』（古川綾子訳）（いずれも筑摩書房刊行予定）がある。

共著『ヒョンナムオッパへ』（韓国＝タサンチェッパン刊、邦訳版＝白水社、斎藤真理子訳）に「ヒョンナムオッパへ」が収録されている。

訳者　斎藤真理子
翻訳家。著書に『韓国文学の中心にあるもの』（イースト・プレス）、訳書に、パク・ミンギュ『カステラ』（ヒョン・ジェフンとの共訳、クレイン）、『ピンポン』（白水社）、『短篇集ダブル　サイドA』『短篇集ダブル　サイドB』（筑摩書房）、チョ・セヒ『こびとが打ち上げた小さなボール』（河出書房新社）、ハン・ガン『ギリシャ語の時間』（晶文社）、チョン・ミョングァン『鯨』（晶文社）、チョン・セラン『フィフティ・ピープル』（亜紀書房）、ファン・ジョンウン『ディディの傘』（亜紀書房）、パク・ソルメ『もう死んでいる十二人の女たちと』（白水社）、ハン・ガン『引き出しに夕方をしまっておいた』（きむふなとの共訳、クオン）チョ・ナムジュ『サハマンション』（筑摩書房）などがある。『カステラ』で第一回日本翻訳大賞を受賞した。

解説　伊東順子
ライター。編集・翻訳業。愛知県生まれ。一九九〇年に渡韓。ソウルで企画・翻訳オフィスを運営。二〇一七年に同人雑誌『中くらいの友だち――韓くに手帖』（皓星社）を創刊。著書に『ピビンバの国の女性たち』（講談社文庫）、『韓国　現地からの報告――セウォル号事件から文在寅政権まで』（ちくま新書）、『韓国カルチャー――隣人の素顔と現在』（集英社新書）、共著に『夫婦別姓――家族と多様性の各国事情』（ちくま新書）、訳書にイ・ヘミ『搾取都市、ソウル――韓国最底辺住宅街の人びと』（筑摩書房）などがある。

本書の単行本は、二〇一八年十二月、筑摩書房より刊行された。文庫版では、「文庫版に寄せて　著者からのメッセージ」、ウンユ氏の評論、「文庫版訳者あとがき」を増補した。

ちくま文庫

82年生《ねん》まれ、キム・ジヨン

二〇二三年二月十日　第一刷発行
二〇二三年三月五日　第三刷発行

著　者　チョ・ナムジュ
訳　者　斎藤真理子
発行者　喜入冬子
発行所　株式会社　筑摩書房
東京都台東区蔵前二―五―三　〒一一一―八七五五
電話番号　〇三―五六八七―二六〇一（代表）
装幀者　安野光雅
印刷所　中央精版印刷株式会社
製本所　中央精版印刷株式会社

ISBN978-4-480-43858-4 C0197